유배 행성

...

Ursula Le Guin

환상문학전집 ● 6

유배 행성
Planet of Exile

어슐러 K. 르 귄

이수현 옮김

PLANET OF EXILE
by Ursula K. Le Guin

Copyright © Ursula K. Le Guin 1966, 1994

All rights reserved.

Korean Translation Copyright © Minumin 2005, 2021
Korean translation edition is published by arrangement with
Ursula K. Le Guin Estate c/o Curtis Brown Ltd., New York through KCC.

이 책의 한국어판 저작권은 KCC를 통해
Curtis Brown Ltd.와 독점 계약한 ㈜민음인에 있습니다.
저작권법에 의해 한국 내에서 보호를 받는 저작물이므로 무단 전재와 무단 복제를 금합니다.

차례

1. 한줌의 어둠   7
2. 붉은 천막 안에서   20
3. 태양의 진정한 이름   35
4. 키 큰 젊은이들   46
5. 숲 속의 황혼   56
6. 눈   68
7. 남하   81
8. 외계인의 도시에서   92
9. 게릴라   101
10. 늙은 족장   112
11. 도시 포위   121
12. 광장 포위   131
13. 마지막 날   144
14. 첫날   159

1 한 줌의 어둠

가을의 마지막 월기(月期) 마지막 날, 북쪽 산맥으로부터 불어온 바람이 죽어가는 아스카테바 숲을 쓸었다. 연기와 눈 냄새가 나는 찬 바람이었다. 가벼운 털가죽을 걸쳐 가냘프고 검은 야생 동물 같아 보이는 롤레리는 숲과 휘몰아치는 죽은 잎사귀들 속을 미끄러지듯 뚫고 테바 언덕 중턱에 쌓여가는 돌 벽과 마지막 추수로 바쁜 들판에서 멀어져 갔다. 롤레리는 혼자 걸어갔고, 뒤에서 부르는 사람도 없었다. 롤레리는 서쪽으로 향하는 발자국에 거듭 파여 만들어진 오솔길을 따라갔다. 길은 쓰러진 나무 둥치며 바람에 날린 낙엽 무더기에 가로막히곤 하며 보일락 말락 서쪽으로 이어졌다.

경계 능선 발치에서 길이 갈라지자 롤레리는 똑바로 이어진 길을 택했는데, 열 걸음도 가지 않아 뒤쪽에서 규칙적으로 옷깃이 스치는 소리가 들리자 잽싸게 뒤를 돌아보았다.

북쪽에서 전령이 한 명 달려오고 있었다. 하나로 길게 묶어 늘어뜨린 머리카락은 채찍처럼 허공을 때렸고 맨발이 낙엽의 파도를 두드렸다. 그는 북쪽에서부터 계속 숨이 턱에 닿을 만한 속도로 달려왔고 나무들 사이에 선 롤레리에게는 눈길 한 번 주지 않고 계속 달려갔다. 바람이 테바로 가는 그의 등에 입김을 불었다. 폭풍, 재난, 겨울, 전쟁……, 그가 무슨 소식을 가져가는지 관심 없는 롤레리는 다시금 종잡을 수 없는 오솔길을 따라갔다. 길은 죽어 삐걱이는 거대한 나무 둥치들 사이를 지그재그로 올라가 마침내 산등성이에 이르렀고 그곳에서 그녀는 눈앞에 펼쳐진 하늘과 하늘 아래 바다를 보았다.

산마루 서쪽에서 죽은 숲은 사라졌다. 롤레리는 커다란 나무 그루터기에 앉아서 멀리 눈부신 서쪽, 끝없는 잿빛 파도의 평원과 아래로 약간 오른쪽의 해안 절벽에 선 벽과 붉은 지붕을 볼 수 있었다. 먼 곳에서 난 이들, 외인들의 도시였다.

밝은 색으로 칠한 높은 돌집들은 비스듬한 절벽 꼭대기부터 언저리까지 지붕 아래 지붕을, 창문 아래 창문을 첩첩이 쌓은 형국이었다. 시내 남쪽으로 약간 낮게 달리는 벽들 밖, 절벽 아래에는 도안을 넣어 짠 카펫처럼 깔끔하게 도랑을 두르고 층을 낸 목초지와 밭이 몇 마일씩 이어졌다. 벼랑 가장자리에 있는 도시의 벽에서부터 거대한 돌 아치가 도랑과 모래 언덕을 넘어 곧장 해안으로 뻗어나갔고, 이 돌길은 파도에 씻겨 매끄럽게 빛나는 모래톱 위로 반 마일쯤 이어져 모래밭 한가운데에 있는 기묘한 검은 섬과 도시를 연결했다. 섬이라기보다는 높이 솟은 갯바위였다. 매끈하고 반짝이는 모래톱에 검은 그림자를 드리우며 까맣게 솟아오른 음울하고 냉혹한 바위는 어떤 바람이나 바닷물도 만들 수 없을 만큼 환상적인 모습으로 곡선을 그리며 탑처럼 서 있었다. 집일까, 조각품일까, 아니면 요새나 묘비일까? 어떤 검은 힘이 그 바위 속을 도려내고 놀라운 다리를 만들어낸 걸까. 외인의 세력이 강하여 전쟁도 불사했던 지난날에 만든 걸까? 롤레리는 외인에 대해서 이야기할 때면 따라붙는 모호한 전설에 별 관심을 기울이지 않았으나, 지금 모래밭에 서 있는 검은 섬을 보노라니 이상하다는 것을 알 수 있었다. 사실 그녀가 정말로 이상한 것을 보기는 이번이 처음이었다. 자신과 아무 상관 없는 지난날에, 혈족의 자손이 아닌 이들의 손으로, 외계인들의 생각으로 만들어낸 물건이라니. 그 섬은 불길했고, 그래서 그녀는 그곳에 끌렸다. 롤레리는 먼 거리와 높이 때문에 작은 점이나 검은 선처럼 축소되어 보이는, 반짝이는 모래톱 가운데 선 검은 탑을 빠져나와 높은 돌길 위를 걷는 조그마한 사람 그림자를 넋 놓고 바라보았다.

이곳의 바람은 덜 차가웠다. 광대한 서쪽 하늘의 구름 조각 사이로 비친 햇빛이 아래로 보이는 거리와 지붕들을 금빛으로 물들였다. 롤레리는 그 도시의 기묘함에 마음이 끌려, 용기를 내거나 망설이는 일 없이 무모하게, 가볍고도 빠른 걸음으로 산비탈을 내려가 높은 성문 안으로 들어갔다.

안으로 들어간 롤레리는 일부러 무관심한 척 평소와 다름없이 가벼운 걸음걸이를 유지했지만, 사실 그것은 거의 자존심 때문이었다. 외계인 거리의 평평한 회색 돌을 밟으며 그녀의 심장은 거세게 뛰었다. 롤레리는 왼쪽에서 오른쪽으로, 다시 오른쪽에서 왼쪽으로 잽싸게 시선을 옮기며 뾰족한 지붕과 투명한 돌로 만든 창문을 달고 높다랗게 지어 올린 집들을 훑어보았다. 투명한 돌이라니! 그러니까 전해지는 이야기가 사실이었던 것이다. 몇몇 집 앞에 있는 좁은 화단에서 진홍빛과 적황빛의 밝은 잎을 단 켈렘과 하둔 덩굴이 하늘색이나 연두색 벽을 타고 기어 올라가는 모습은 온통 회색과 황갈색으로 물든 가을의 정경 속에서 눈이

번쩍 뜨이게 선명했다. 동쪽 문 근처에는 빈 집이 많았다. 석재는 칠이 벗겨져 표면이 너덜거렸으며 반짝이는 창문은 사라지고 없었다. 하지만 거리와 계단을 따라 한참 들어가자 사람이 사는 집들이 나왔고, 옆으로 외인들이 지나가기 시작했다.

그들은 그녀를 쳐다보았다. 외인이 상대방의 눈을 똑바로 들여다본다는 말은 들었지만 롤레리는 그 이야기가 사실인지 시험해 보지 않았다. 최소한 그녀를 막는 이는 없었다. 그녀의 옷차림은 그들과 별로 다르지 않았고, 잽싸게 곁눈질해 보니 외인 중에도 어떤 이들의 피부는 인간보다 많이 까맣지 않았다. 하지만 그들의 얼굴을 굳이 마주보지 않아도 지상의 것이 아닌 까만 눈동자는 감지할 수 있었다.

길이 갑자기 끊기며 훤히 트인 넓은 공간이 열렸다. 서쪽으로 저무는 태양 빛을 받아 금빛과 그림자로 줄무늬를 이룬 이 평평한 광장 주위로 네 채의 집이 서 있었는데, 크기는 작은 산만 했고 정면을 향한 거대한 아치들 위로 회색 돌과 투명한 돌이 번갈아 쌓여 있었다. 딱 네 길만이 이 광장 안으로 이어졌고 각각의 길은 거대한 집 네 채의 벽에 달린 문을 닫으면 막을 수 있었다. 그러니까 이 광장은 요새 안의 요새요, 도시 안의 도시였다. 광장 너머 하늘을 찌를 듯 높이 솟은 건물이 햇빛을 받아 밝게 빛났다.

대단한 곳이었지만 거의 텅 비어 있었다.

광장 한쪽 구석으로 벌판 하나만 한 커다란 모래밭에서 외인 젊은이 몇 명이 놀고 있었다. 두 청년은 격하면서도 교묘한 레슬링 시합을 벌이는 중이었고, 그보다 어린 축 한 무리는 솜을 넣은 외투를 입고 모자를 쓴 채 나무 칼로 찌르고 베는 기술을 맹연습하고 있었다. 서로의 주위로 느리고 위험한 춤사위를 자아내다가 재치 있고 우아하게 맞붙는 레슬링

선수들의 모습은 감탄스러웠다. 롤레리는 모피를 두른 키 크고 말없는 외인 몇 명과 같이 서서 그들을 지켜보았다. 갑자기 덩치가 더 큰 쪽이 거꾸로 돌아 강건한 등을 땅에 대고 눕자 롤레리는 쓰러진 쪽과 동시에 숨을 들이켰고, 그런 다음에는 경탄하며 웃음을 터뜨렸다.

"멋진 던지기였어, 존켄디!"

롤레리 가까이에 있던 한 외인이 외쳤고, 광장 저편에 있던 여자는 손뼉을 쳤다. 어린 축들은 주위 일에 아랑곳없이 찌르고 베고 받아넘기기를 계속했다.

전에는 이 외인 주술사들이 전사들을 키운다는 것도, 힘과 기술을 높이 평가한다는 사실도 몰랐다. 그들의 레슬링에 대해서도 들어보기는 했지만, 언제나 막연히 그들은 도공용의 녹로가 놓인 음침한 굴속에서까만 거미처럼 등을 굽힌 모습으로 사람들의 텐트로 전해지는 정교한 도기와 투명한 돌 조각 등을 만들고 있으리라 상상할 뿐이었다. 그리고 온갖 이야기와 소문과 전설의 단편들이 떠돌았다. 뛰어난 사냥꾼은 "외인처럼 운이 좋다."는 말을 들었고, 어떤 광물은 주술사들이 높은 값에 사들이기 때문에 마법 광물이라고 불렸다. 하지만 그런 단편적인 지식뿐이었다. 롤레리가 태어나기 오래전부터 아스카테바 사람들은 그들의 영역 동쪽과 북쪽을 돌아다녔다. 그녀는 수확물을 가지고 테바 언덕 아래 저장고에 간 적이 한 번도 없었고, 그래서 아스카테바 주민들 모두가 가축 떼와 가족들을 모아 땅속의 곡물 창고 위에 겨울 도시를 짓는 일에 달려드는 이번 월기가 오기 전에는 이렇게 서쪽까지 와본 적이 없었다. 그녀는 정말로 이들 외계의 종족에 대해 아는 바가 없었고, 레슬링 시합에 이긴 존켄디라는 호리호리한 청년이 자기 얼굴을 똑바로 보고 있다는 사실을 깨닫자 공포와 혐오감에 사로잡혀 고개를 돌리고 뒷걸음질을 쳤다.

존켄디가 다가왔다. 벌거벗은 몸이 땀에 젖어 검게 번들거렸다.

"테바에서 왔죠? 맞나요?"

그는 사람이 쓰는 말로 물었으나, 그가 뱉은 단어들은 반쯤 다르게 들렸다. 그는 승리의 기쁨에 취해 유연한 팔에서 모래를 털어내며 웃어 보였다.

"그래요."

"뭘 도와드릴까요? 원하는 게 있어요?"

물론 그녀는 그렇게 가까운 곳에서 그를 처다볼 수 없었지만, 그의 말투는 우호적이면서 동시에 조롱하는 듯했다. 어린 소년 같은 목소리였다. 롤레리는 어쩌면 이 사람이 자신보다 어릴지도 모르겠다는 생각을 했다. 조롱받고 싶지는 않았다. 롤레리는 차갑게 대답했다.

"그래요. 모래톱에 있는 검은 바위를 보고 싶어요."

"나가 보세요. 돌길은 열려 있습니다."

그러면서 그는 고개 숙인 그녀의 얼굴을 들여다보려 하는 것 같았다. 그녀는 그에게서 떨어졌다.

"누구든 당신을 막으려 하면 존켄디 리가 보냈다고 하세요. 아니면 같이 가드릴까요?"

그녀는 다 답도 하지 않았다. 그녀는 머리를 높이 들고 눈은 아래로 내리깐 채 광장에서 돌길로 이어지는 거리로 향했다. 싱글싱글 웃어대는 이 검은 가짜 인간들 중 누구도 감히 그녀가 겁에 질렸다고는 생각지 못하리라……

따라오는 사람은 없었다. 짧은 거리에서 지나치는 사람들 중 그녀를 눈여겨보는 사람은 아무도 없는 것 같았다. 그녀는 커다란 기둥이 늘어선 돌길에 다다라 뒤를 흘긋 돌아보고는 다시 앞을 보며 걸음을 멈췄다.

　다리는 어마어마했다. 거인들을 위해 만든 길 같았다. 산 위에서 내려다보았을 때엔 무른 들판과 모래 언덕과 모래톱 위에 가볍게 오르내리는 아치로밖에 보이지 않았는데, 여기에서 보니 스무 명이 나란히 걸어갈 수 있을 정도로 넓었고, 탑 같은 바위 정면에 우뚝 솟은 검은 문으로 곧장 이어져 있었다. 큰 길과 허공을 갈라주는 난간은 없었다. 그 위로 걸어가려고 했다니, 잘못 생각한 것이었다. 있을 수 없는 일이었다. 이건 사람이 발을 내딛을 길이 아니었다.

　그녀는 옆 골목으로 빠져 도시를 둘러싼 성벽 서쪽 문으로 향했다. 빠른 걸음으로 길게 이어지는 텅 빈 저장소와 외양간들을 지나쳐 성문을 통과해 나갔다. 벽을 따라 빙 돌아 집으로 돌아갈 생각이었다.

　하지만 서쪽 문으로 나가자 벼랑은 낮게 달렸고, 계단이 잔뜩 나 있었으며, 아래에 펼쳐진 들판은 오후의 노란 빛 속에 평화롭고 가지런하기만 했다. 그리고 모래 언덕들 너머는 바로 넓은 바닷가였다. 어쩌면 아스카테바 여인들이 가슴에 꽂거나 축제날이면 머리카락에 장식하는 기다란 녹색 바다 꽃들을 찾을 수 있을지도 몰랐다. 그녀는 묘한 바다 냄새를 맡았다. 이제까지 살면서 한 번도 바닷가 모래톱을 걸어본 적이 없었다. 태양의 위치는 아직 그리 낮지 않았다. 그녀는 절벽에 난 계단을 내려가 들판을 가로지르고 도랑과 모래 언덕을 지나 마침내 북쪽으로 서쪽으로 남쪽으로 끝없이 펼쳐진 평평하고 반짝이는 모래밭 위를 달렸다.

　바람이 불고 태양은 힘없이 빛났다. 까마득히 서쪽으로 쉼없는 소리가 들렸다. 멀리서 하염없이 설렁이고 얼러대는 바다 소리. 발아래 모래톱은 단단하고 평평하고 끝이 없었다. 그녀는 마냥 즐겁게 달리다가 문득 멈춰 서서 점점이 이어지는 자신의 작은 발자국 옆으로 장엄하고 거대하게 뻗어나가는 아치형 돌길을 쳐다보며 유쾌하게 웃었고, 다시 뛰다가 또 멈춰 서서는 모래 속에 반쯤 파묻힌 은색 조개껍데기를 주웠다. 뒤쪽 벼랑 위에 올라앉은 외인의 도시는 손 안 가득 든 색색의 조약돌처럼 반짝였다. 그녀는 소금기 머금은 바람과 빈 공간과 고독에 진력나기 전에 이미 탑바위 가까이까지 가 있었다. 바위는 그녀와 태양 사이에 불쑥 짙은 그림자를 드리웠다.

긴 그림자 안으로 슬금슬금 한기가 흘렀다. 그녀는 부르르 몸을 떨었고, 그림자 속에서 빠져나가기 위해 검은 바위 덩어리에서 먼 거리를 유지하며 다시 뛰었다. 태양이 얼마나 가라앉았는지, 바다의 첫 파도를 보려면 얼마나 멀리까지 달려가야 하는지 알고 싶었다.

바람 속으로 희미하지만 깊이 있는 목소리 하나가 귀를 울렸다. 무엇인가를 부르는 듯한 목소리, 너무나 이상하고도 급박한 부름이어서 그녀는 걸음을 딱 멈추고 불안한 마음으로 모래 위에 커다랗게 솟아오른 검은 섬을 돌아보았다. 저 주술탑이 부르고 있는 걸까?

난간 없는 돌길 위, 멀찍이 솟아오른 섬 바위 안으로 이어지는 어느 방파제 위로 검은 사람 그림자가 하나 서 있었다.

그녀는 들어서서 달리다가 멈칫 다시 뒤를 돌아보았다. 마음속에 두려움이 자랐다. 지금 그녀는 달리고 싶기도 하고 그렇지 않기도 했다. 그녀는 공포에 질려 손끝 하나 까딱하지 못한 채 서서 떨기만 했다. 귓속에선 계속 목소리가 울렸다. 검은 탑의 주술사가 그녀에게 주술의 거미줄을 치고 있었다. 그는 팔을 쭉 뻗고 다시 한 번 그녀가 이해할 수 없는, 뼈에 사무치는 다급한 고함을 내질렀다. 바다새 울음소리처럼 바람 속에 희미하게 들리는 '바위, 바위이!' 하는 귓속의 울부짖음은 점점 커졌고 그녀는 모래 위에 쪼그려 앉았다.

그때 갑자기 머릿속에서 뚜렷하고 차분한 목소리가 말했다.

"뛰어. 일어나서 뛰어요. 섬으로……. 어서. 서둘러요!"

그리고 그녀는 스스로도 깨닫기 전에 일어서서 뛰고 있었다. 차분한 목소리가 다시 그녀를 인도했다. 그녀는 앞이 보이지 않을 정도로 숨을 몰아쉬며 바위에 난 검은 계단에 다다랐고, 허우적거리며 계단을 오르기 시작했다. 위에서 검은 사람 그림자가 달려왔다. 그녀는 손을 뻗어 반쯤 끌려가다시피 마지막 계단을 오른 다음, 힘을 잃었다. 다리가 몸을 지탱해 주지 않아 벽에 기대 주저앉았다. 검은 그림자는 그녀를 잡아 일으켜주었고, 머릿속에서 이야기하던 그 목소리로 커다랗게 말했다.

"봐요. 옵니다."

아래쪽으로 바닷물이 단단한 바위를 뒤흔드는 포효를 지르며 밀려와 파도쳤다. 물은 섬 주위로 갈라졌다가 요란한 소리와 함께 하얗게 합쳐져, 쉿쉿거리고 거품을 일으키며 긴 모래 언덕 비탈을 휩쓸고 나서야 겨우 잔잔하게 출렁이는 물결로 변했다.

롤레리는 벽에 붙어 서서 떨고 있었다. 떨림을 멈출 수가 없었다.

뒤에서 차분한 목소리가 말했다.

"이곳의 밀물은 사람이 달릴 수 있는 속도보다 약간 빠르게 밀려오지요. 그리고 일단 들어오면 바위 주위 깊이가 20피트는 돼요. 이쪽으로 올라와요……. 지난날에는 그래서 여기에 살았던 겁니다. 절반은 섬이니까요. 밀물이 들어오기 직전에 적의 군대를 모래톱으로 유인하곤 했지요……. 그들이 조수에 대해 모르기만 한다면. 괜찮아요?"

롤레리는 보일락 말락 어깨를 들썩였다. 그리고 상대방이 그 몸짓을 알아보지 못하는 것 같아 다시 말했다.

"괜찮아요."

무슨 말을 하는지 알아들을 수는 있었지만, 남자는 한 번도 들어본 적 없는 단어를 많이 썼고 나머지도 대부분 이상하게 발음했다.

"테바에서 왔나요?"

그녀는 다시 어깨를 들썩였다. 속이 울렁거렸고 울고 싶었지만 그러지 않았다. 그녀는 검은 바위에 난 계단 다음 칸으로 올라가 머리를 가다듬고 슬쩍 곁눈질로 외인의 얼굴을 훔쳐보았다. 강하고 거친 검은 얼굴에 이질적인 검은 눈동자가 우울하게 반짝였다.

"모래밭에서 뭘 하고 있었죠? 밀물에 대해 경고해 준 사람이 없었나요?"

"몰랐어요."

롤레리는 속삭이듯 대답했다.

"당신네 연장자들은 알고 있을 텐데요. 적어도 당신네 부족이 이쪽 해안가에 살던 지난봄에는 확실히 알았어요. '사람'들은 빌어먹게도 기억력이 나쁘니……."

말의 내용은 가혹했지만 그의 목소리는 시종일관 차분했고 모진 구석이 없었다.

"이번엔 이쪽으로. 걱정 말아요. 완전히 비어 있으니까. 당신네 사람이 이곳에 발을 들인 지도 오래됐군요……."

그들은 검은 문으로 들어가 굴을 지나서 방으로 들어갔다. 그녀는 그 방이 어마어마하게 크다고 생각했지만, 다음 방은 그보다 더 컸다. 그들은 여러 개의 문과 천장이 하늘을 향해 열린 뜰을 통과하고, 바다 위로 한참 기울어진 아치형 회랑을 따라서 하나같이 텅 빈 채 바닷바람만 머무는 고요한 방들을 통과했다. 이제 바다는 한참 아래에서 주름 진 은빛 표면을 흔들고 있었다. 어지럽고 붕 뜬 느낌이었다.

그녀는 작은 소리로 물었다.

"여기엔 아무도 살지 않나요?"

"지금은 그렇지요."

"여기가 당신들의 겨울 도시인가요?"

"아니요. 우리는 겨울에도 저쪽 도시에 살아요. 이곳은 요새로 지어졌지요. 지난날에는 적이 많았으니까……. 왜 모래톱에 있었죠?"

"난……, 보고 싶었어요."

"뭘 말입니까?"

"모래톱. 바다. 당신들의 도시에 먼저 갔는데, 보고 싶어져서……."

"좋아요! 그거야 나쁠 것 없지요."

그는 다시 앞장서서 회랑을 통과했고, 롤레리는 너무 높아서 현기증이 일었다. 높고 뾰족한 아치들 사이로 꽥꽥거리며 바다 새가 날아갔다. 그들은 마지막으로 좁은 복도를 내려가서 문 아래로 나갔고, 칼처럼 철그렁거리는 금속 다리를 건너 돌길에 나섰다.

그들은 말없이 탑과 도시 사이, 하늘과 바다 사이를 걸었다. 바람은 매번 그들을 오른쪽으로 밀었다. 롤레리는 추웠고, 돌길의 높이와 기묘함, 그리고 옆에서 그녀와 보조를 맞추어 걷고 있는 검은 가짜 인간의 존재에 주눅이 들었다.

도시에 들어서면서 그는 느닷없이 말했다.

"다시는 마음으로 말하지 않겠습니다. 그때는 어쩔 수 없었어요."

"당신이 뭐라고 말했을 때……." 그녀는 그가 무슨 말을 하는 건지, 모래톱에서 무슨 일이 일어났는지 확신하지 못한 채 입을 열었다가, 머뭇거리며 말끝을 흐렸다.

"난 당신이 우리 일족인 줄 알았어요." 그는 화가 난 것처럼 말하다가

곧 자제력을 찾았다. "그냥 서서 당신이 물에 빠져 죽는 것을 잠자코 지켜볼 수는 없었지요. 죽어도 싸다 해도 말입니다. 걱정 마요. 다시는 그러지 않을 것이고, 그랬다고 해서 당신에게 어떤 힘을 행사할 수 있는 것도 아니니까. 당신네 연장자들이 뭐라고 했는지는 몰라도 말이죠. 그러니 가요. 전과 똑같이 바람처럼 자유롭고 무지한 채로."

그는 정말 가혹하게 말했고, 롤레리는 겁을 먹었다. 그녀는 두려움을 참지 못하고 떨면서, 그러나 무례하게 물었다.

"다시 오는 것 역시 자유인가요?"

이 말에 외인은 그녀를 바라보았다. 얼굴을 쳐다볼 수는 없었지만, 그래도 그의 표정이 변한 것을 알 수 있었다.

"그래요. 얼마든지. 이름을 알 수 있을까요, 아스카테바의 딸이여?"

"월드의 혈족, 롤레리예요."

"월드가 당신의 할아버지인가요? 아니면 아버지? 그가 아직 살아 있습니까?"

"월드는 돌두드림의 원을 닫으시죠."

그녀는 절대적인 권위를 지닌 그의 분위기에 맞서려 애쓰면서 당당하게 말했다. 대체 어떻게 외인이, 혈족도 없고 규칙도 모르는 거짓 인간이 이렇게 엄숙하고 도도할 수 있단 말인가?

"그에게 알테라 자콥 아가트가 안부를 전하노라고, 내가 내일 테바로 가서 할 이야기가 있다고 해줘요. 잘 가요, 롤레리."

그리고 그는 동등한 사이끼리 나누는 인사로 손을 내밀었고, 그래서 그녀는 생각 없이 손바닥을 펴서 그의 손에 마주쳤다.

그런 다음 그녀는 돌아서서 서둘러 모피 두건을 뒤집어쓰고, 지나치는 외인들을 외면하며 가파른 길과 계단을 올랐다. 왜 저들은 시체나 물

고기라도 보는 것처럼 사람의 얼굴을 빤히 들여다보는 걸까? 따뜻한 피가 도는 동물과 사람들은 그런 식으로 서로의 눈을 똑바로 보지 않는다. 그녀는 크나큰 안도감을 느끼며 육지로 통하는 문을 나섰고, 마지막 붉은 햇살을 받으며 잽싸게 산등성이를 올라 죽어가는 숲으로 내려간 다음 오솔길을 따라 테바로 향했다. 황혼이 어둠 속으로 잠겨 들자 베어낸 밭들 너머 언덕 위에 선 미완성의 겨울 도시를 둘러싼 천막들이 내보내는 불빛이 작은 별들처럼 반짝였다. 그녀는 온기와 저녁 식사와 사람들을 향해 걸음을 재촉했다. 하지만 커다란 혈족 자매 천막 안에서, 불 옆에 무릎을 꿇고 앉아 여인네와 아이들 사이에서 스튜를 먹으면서도 그녀의 마음속에는 기묘한 느낌이 남아 있었다. 오른손을 꼭 쥐자, 그의 손길이 닿은 자리에 한 줌의 어둠이 머물러 있는 것 같았다.

2 붉은 천막 안에서

"이건 차가워."

그는 툴툴거리며 그릇을 밀었다. 그리고 그릇을 다시 데우는 나이 많은 커를리의 참을성 있는 얼굴을 보며 속으로 자신은 까다로운 늙다리 바보라고 생각했다. 하지만 아내들 중 아무도(이젠 하나밖에 남지 않았지만), 딸들 중 아무도, 여인네들 중 그 누구도 샤카타니가 했던 것처럼 브한 요리를 만들지 못했다. 샤카타니는 얼마나 요리를 잘했던가, 게다가 젊고……

그의 마지막 어린 아내. 그녀는 동쪽 산등성이에서 죽었고, 그는 어린 아내를 여의고도 모진 겨울이 오기를 기다리며 계속, 계속 살아왔다.

그의 혈족임을 나타내는 세 잎사귀 문양이 찍힌 가죽옷을 입은 처녀가 다가왔다. 손녀쯤 되겠지. 샤카타니를 조금 닮은 아이였다. 그는 그 아이의 이름을 기억하지 못한 채 말을 걸었다.

"어젯밤 늦게 들어온 것이 너였더냐, 혈족이여?"

그녀가 고개를 돌리자 그는 누구인지 알아보고 웃었다. 그가 늘 놀리던 아이, 게으르고 무례하며 귀여운 성품에 외톨이인 계집아이였다. 잘못된 계절에 태어난 아이. 이름이 뭐였더라?

"전언을 가져왔어요, 최고 연장자님."

"누구의 전언이냐?"

"스스로를 거창한 이름으로 부르던데요. 자가트 아바트 볼테라랬나? 잘 기억이 안 나요."

"알테라 말이냐? 그건 외인이 저네들의 장을 부르는 말인데. 그 사람을 어디에서 본 게냐?"

"사람이 아니라 외인이었어요. 안부를 전하고, 최고 연장자님께 할 말이 있어 오늘 테바로 오겠노라는 말을 전하라던데요."

"그랬단 말이지?"

윌드는 그자의 뻔뻔함에 혀를 내두르며 살짝 고개를 끄덕였다.

"그리고 너는 그의 말을 전하는 심부름꾼이고?"

"우연한 기회에……."

"그래, 알겠다. 혈족이여, 편맥 주민들 사이에서는 혼인하지 않은 여인이 외인과 이야기를 나누면……, 벌을 받는다는 사실을 알고 있었더냐?"

"벌을 받다니, 어떻게요?"

"신경 쓰지 마라."

"편맥 사람들은 클룹이나 먹고 머리털을 미는 작자들이잖아요. 게다가 그들이 외인에 대해 뭘 알죠? 해안으로 오는 일도 없는 주제에……. 언젠가 어느 천막에선가 우리 혈족의 최고 연장자님에게 외인 아내가 있었다는 말을 들었어요. 지금은 아니지만."

"사실이다. 지금은 아니지만."

젊은 여인은 다음 말을 기다렸고 월드는 기억을 돌이켰다. 무척이나 오래전이었다. 지난날……, 봄. 오래전에 바래버린 색채와 향기, 마흔 번의 월기 동안이나 피지 않은 꽃, 거의 잊혀진 목소리…….

"그 사람은 젊었고, 젊은 나이에 죽었지. 여름이 오기도 전에." 그는 잠시 입을 다물었다가 덧붙여 말했다. "게다가 그건 혼인하지 않은 여자가 외인과 말하는 것과는 같을 수 없어. 차이가 있단다."

"어째서요?"

버릇없는 질문이긴 해도 그녀에겐 답을 들을 권리가 있었다.

"몇 가지 이유가 있고, 그중 어떤 것은 다른 것보다 중요하지. 주된 이유는 이것이다. 외인에게는 아내가 하나뿐이다. 그러니 진정한 여인이 외인과 혼인을 해서는 자식을 가질 수가 없단다."

"왜 자식을 갖지 못하는 거죠?"

"자매들의 천막에선 그런 이야기들도 않더냐? 아니면 모두들 모르는 게냐? 인간과 외인은 아이를 가질 수 없기 때문이다! 한 번도 들어보지 못했느냐? 아예 아이를 가질 수가 없거나, 갖더라도 유산해 버리거나, 입 밖에 낼 수 없는 흉한 괴물이 난다. 외인이었던 내 아내 아릴라는 아이를 유산하고 죽었다. 그녀의 동족들에게는 규칙이라는 게 없어. 여자들도 남자들과 비슷하고, 자기들이 좋아하는 상대와 결혼하지. 하지만 인간에게는 엄연히 규칙이 있다. 여인네들은 인간 남자와 함께 눕고, 인간 남자와 혼인하고, 인간 아이를 배야 하는 법이야!"

그녀는 약간 질리고 무안해하는 얼굴이었다. 그녀는 이윽고 겨울 도시의 벽들 위로 왔다 갔다 하는 소리와 소란스러움에 주의를 돌리며 말했다.

"함께 누울 남자가 있는 여인네들에게 적절한 법이군요……."

그녀는 스무 번의 월기를 지난 나이쯤으로 보였다. 그것은 그녀가 잘못된 계절에 태어났다는, 즉 아이들이 태어나지 않는 한여름에 났다는 뜻이었다. 봄의 아들들은 지금쯤 그녀의 두세 배 나이여서 혼인을 하고, 또 혼인을 하고, 아이도 많이 낳았다. 가을에 난 아이들은 아직 어렸다. 하지만 봄에 난 남자들 중 누군가가 저 아이를 세 번째나 네 번째 아내로 맞이하겠지. 불평할 여지는 없었다. 혈연관계가 어떻게 되느냐에 달려 있기는 하지만 그가 직접 그녀의 혼인을 주선해 줄 수도 있을 것이었다.

"네 어미가 누구냐?"

그녀는 그의 허리띠 버클을 노려보며 말했다.

"샤카타니가 제 어머니셨죠. 잊으셨나요?"

그는 잠시 후에 대답했다.

"아니다, 롤레리. 잊지 않았다. 들어보아라, 딸아. 이 알테라와 어디에서 이야기를 했더냐? 그의 이름이 아가트였더냐?"

"이름 중에 그 말이 들어갔어요."

"그렇다면 내가 그의 아비와 아비의 아비를 알았더니라. 우리가 이야기한……, 외인 여인의 혈족이지. 아마도 그녀의 자매 아니면 오라비의 자식일 것이야."

"그럼 조카가 되겠네요. 제게는 사촌이고."

처녀는 그렇게 말하고 웃음을 터뜨렸다. 월드 역시 이 괴상한 친척 관계 논리에 피식 웃고 말았다.

"바다를 보러 갔다가 만났어요. 모래톱에서요. 그 전에 북쪽에서 달려오는 전령을 보았는데 여자들 중에는 그에 대해 아는 사람이 없더군요. 무슨 소식이 있었나요? 남하가 시작되는 건가요?"

"어쩌면. 어쩌면 그럴 게다."

월드는 다시 그녀의 이름을 잊어버렸다.

"가보거라. 얘야. 밭에 나간 자매들을 도와주렴."

그는 그렇게 말하고서 그녀에 대해서도, 기다리고 있던 브한 그릇에 대해서도 잊어버리고 무거운 몸을 일으켜 붉게 칠한 큰 천막 주위를 돌았다. 땅속의 집들과 겨울 도시의 벽 위에서 분주히 일하는 일꾼들과, 그들 너머 북쪽을 보기 위해서였다. 이날 아침 헐벗은 언덕 위로 펼쳐진 북쪽 하늘은 몹시도 푸르고 맑고 차가웠다.

땅속으로 파고 들어간 뾰족 지붕 미궁 속에서의 생활이 생생하게 떠올랐다. 한데 엉겨 복작이며 자던 백여 명의 사람들, 주기적으로 깨어나 그의 몸 구석구석에 열기와 연기를 보내주는 불을 피우던 나이 든 여인네들, 겨울 풀 끓는 냄새, 와자지껄한 소리, 냄새, 얼어붙은 땅 밑 굴속에서의 그 숨 막힐 듯한 겨울 온기. 그리고 다른 젊은 사냥꾼들과 함께 테바에서 멀리까지 나가, 머나먼 북쪽에서부터 내려오는 얼어붙은 강을 따라 눈새와 코리오와 뚱뚱한 웨스프리들을 쫓던 때, 바람에 쓸리거나 눈에 덮여 있던 윗세계의 차갑고 맑은 적막감. 그리고 계곡 바로 맞은편, 눈 덮인 땅속에서 떠올라 축 늘어지던 눈[雪]구울(ghoul)의 흰 머리통……. 그전에, 겨울의 눈과 얼음과 흰 짐승들에 앞서 지금 같은 근사한 날씨가 있었지. 금빛 바람과 푸른 하늘, 언덕들 위로 한기가 감돌던 눈부신 나날. 그리고 아직 남자가 아니라 아이들과 여인네들 사이에 섞인 개구진 소년에 지나지 않았던 그때의 그는 평평한 흰 얼굴들을, 붉은 깃털과 기묘한 망토, 깃털 같은 회색 모피 덩어리들을 쳐다보고 있었다. 혈족 남자들과 아스카테바의 웃어른들이 엄한 목소리로 대답하며 평평한 얼굴들에게 계속 가라고 을러대는 사이에도 그가 이해할 수 없는 말로 짐승처럼 짖어대던 목소리들. 그리고 그 앞에는 북쪽에서 달려온 남자가 하나 있었다. 불에 타고 피에 젖은 얼굴로 "가알, 가알입니다! 놈들이 페크나의 캠프를 휩쓸었어요!"라고 울부짖는…….

그의 일생, 지금의 그와 그때 눈을 똑바로 뜨고 귀를 기울이던 개구진 소년 사이, 눈부신 오늘과 그 눈부시던 날 사이에 놓인 예순 번의 월기를 통틀어 다른 어느 목소리보다도 그 목쉰 부르짖음이 귀에 쟁쟁했다. 페크나가 어디였더라? 비와 눈 아래 사라져버렸지. 그리고 봄이 되자 얼음이 녹으면서 학살된 이들의 뼈와 썩어버린 천막, 기억과 이름마저 씻어내 버렸다.

이번에 가알이 아스카테바 영역을 통과하여 남쪽으로 갈 때에는 학살극이 벌어지지 않을 것이었다. 그는 그렇게 내다보았다. 남들보다 오래 살고 오래전의 재난을 기억하면 이로운 점들이 있다. 이 산 주민들 중 어느 씨족도, 어느 가족도 여름 초지에 뒤떨어졌다가 불시에 가알이나 첫 폭설의 습격을 받는 일은 없었다. 그들은 모두 이곳에 모여 있었다. 2000가족. 가을에 난 어린아이들은 굴러다니는 잎사귀들처럼 발치에 뛰어다녔고 여인네들은 밭에서 철새 떼처럼 재재거리며 이삭을 주웠다. 그리고 사내들은 오래된 폐허의 옛 돌들로 집을 짓고 겨울 도시의 방벽을 쌓으며, 남으로 향하는 마지막 짐승들을 사냥하고, 숲에서 나무를 베고 마른 습지에서 토탄을 모아 끝없이 쟁이고, 어마어마한 외양간에 한을 모아들여 겨울 풀이 자랄 때까지 녀석들을 먹였다. 벌써 반 월기 동안 계속된 이 모든 노력은 그의 뜻에 복종하는 일이었고, 또 그는 오랜 삶의 방식에 복종했다. 가알이 오면 그들은 도시의 문을 닫아 걸 것이다. 폭설이 내리면 그들은 땅속 집의 문을 닫아 걸 것이고, 그렇게 봄까지 살아남을 것이다. 살아남을 것이다.

그는 천막 뒤쪽 땅에 주저앉아 축 늘어져서 상처투성이의 울퉁불퉁한 다리를 햇볕에 뻗었다. 하늘은 구름 한 점 없이 맑건만 태양은 희고 작아 보였다. 커다란 여름 태양의 절반이나 될까, 심지어는 달보다도 작았다.

"해가 쪼그라들어 달이 되니, 곧 추위가 닥치겠네······."

땅은 이번 월기 내내 그들을 괴롭혔던 긴 비로 질척했고, 여기저기에 이주하는 짐승들이 남긴 발자국으로 홈이 패었다. 그 애가 뭐라고 물었더라······, 외인들에 대해, 전령에 대해. 그렇지. 그 친구는 어제 숨을 헐떡이며 달려왔다. 아니, 그게 어제가 맞던가? 북쪽 녹색 산맥 근처에 있는 틀로크나의 겨울 도시가 가알의 습격을 받았다는 소식을 가져왔지. 헛소리거나 공포에 질려 잘못 안 걸 게다. 가알은 절대 돌 벽을 공격하지 않았다. 겨울이 다가오면 집 없는 동물들처럼 남쪽으로 달려가는 깃털 장식의 지저분한 납작코 야만인들······, 놈들은 도시를 빼앗을 수 없었다. 오래전의 페크나도 작은 사냥 캠프일 뿐 벽을 두른 도시는 아니었다. 전령의 말은 믿을 게 못 된다. 모든 게 잘 돌아가고 있었다. 그들은 살아남을 것이다. 아침 식사를 데우던 멍청한 여자는 어디 갔지? 아, 여기 볕에 나와 있으니 따뜻하군······.

월드의 여덟 번째 아내는 모락모락 김이 오르는 브한 그릇을 들고 살금살금 다가왔다가, 그가 잠든 것을 보고 심술이 나서 한숨을 내쉬더니 다시 살금살금 화톳불 쪽으로 걸어갔다.

그날 오후 곁눈질을 하고 야유를 해대는 아이들을 등뒤에 꼬리표처럼 단 채, 뚱한 얼굴의 경비병들에게 둘러싸인 외인이 찾아오자 월드는 딸 아이가 한 말을 기억하고 웃었다.

"그럼 조카가 되겠네요. 제게는 사촌이고."

그래서 그는 힘겹게 몸을 일으켜, 동등한 사람을 환영하는 몸짓으로 얼굴은 돌리고 손은 앞으로 뻗어 인사했다.

외계 종족은 서슴없이 동등한 이들끼리 나누는 인사를 건넸다. 그들은 언제나 그렇게 오만했다. 스스로 정말 믿는지 어떤지는 모르지만, 언제나 스스로가 인간들만큼 훌륭하다고 생각하는 듯한 분위기였다. 이 친구는 키가 크고 체격이 좋았으며 아직 젊은데도 족장처럼 걸었다. 검은 피부와 지상의 것이 아닌 검은 눈만 빼면 사람이라고 해도 좋을 정도의 인물이었다.

"최고 연장자시여, 자콥 아가트입니다."

"나의 천막과 내 혈족의 천막에서는 그대를 환영하오, 알테라."

"그 말씀, 마음으로 듣겠습니다."

외인의 말에 월드는 희미하게 웃고 말았다. 아버지 시대 이후로는 누가 그런 말을 하는 것을 들어본 적이 없었다. 외인들이 어떻게 늘 지나간 시간에 묻혀버린 옛 방식들을 기억하는 것인지 생각하면 이상하기만 했다. 어떻게 이 젊은이가 월드를 비롯하여 테바에서 제일 나이 많은 이들 몇 명만이 기억하는 표현을 알 수 있는 걸까? 그것은 외인들의 이상한 점 중 하나였고 흔히 주술이라고 불렸으며 사람들이 이 까만 종족을 두려워하는 이유이기도 했다. 그러나 월드는 그들에게 두려움을 느껴본 적이 없었다.

"그대 혈족의 귀한 여인이 내 천막에 살았고, 봄에 나는 여러 번 그대들의 도시 안을 활보했소. 나는 이를 기억하오. 그러니 내가 살아 있는 동안 테바에서는 그 누구도 우리 사이의 평화를 깨지 않을 거요."

"제가 살아 있는 동안 랜딘의 그 누구도 깨지 않을 겁니다."

늙은 족장은 이 간결한 말에 감동받았다. 눈에 눈물이 고인 그는 색칠한 가죽 궤에 앉아 헛기침을 하며 눈을 깜박였다. 검은 망토를 두르고,

검은 얼굴에 검은 눈을 한 아가트는 꼿꼿이 서 있었다. 그를 데려온 젊은 사냥꾼들은 조바심을 쳤고, 아이들은 저희들끼리 소곤거리며 천막의 열린 면에서 엎치락뒤치락하며 지켜보고 있었다. 월드는 가벼운 손짓으로 그들을 모두 내보냈다. 천막은 닫히고 늙은 커를리가 천막 안의 불을 켠 다음 종종걸음 쳐 나가자 그는 이방인과 단 둘이 남게 되었다.

"앉으시게."

아가트는 앉지 않았다. "듣겠습니다."라고만 말하고 서 있었다. 월드가 다른 사람들 앞에서 앉으라고 청하지 않는 한, 보는 이 없는 곳에서 앉을 마음은 없었다. 월드는 깊이 생각해 보지 않고도 오랫동안 사람들을 이끌고 통제해 온 경험에서 아가트의 생각을 피부로 느낄 수 있었다.

그는 한숨을 내쉬더니 쉰 목소리로 말했다.

"임자!"

늙은 커를리가 다시 나타나 무슨 일이냐는 듯 바라보았다. 월드는 아가트에게 "앉으시게."라고 말한 다음, 그가 불 옆에 책상다리로 앉자 아내에게 다시 나가라고 말했고, 커를리는 사라졌다.

정적. 월드는 허리춤에 매달린 작은 가죽 가방의 끈을 공들여 푼 다음, 작게 굳힌 계신 기름 덩어리를 하나 꺼내어 조금 뜯어내고, 덩어리를 다시 집어넣고 가방 끈을 조인 다음 그 조각을 불 가장자리의 뜨거운 석탄 위에 올렸다. 씁쓸한 녹색 연기가 뭉클뭉클 피어올랐다. 월드와 이방인은 숨을 깊이 들이마시고 눈을 감았다. 월드는 송진을 바른 커다란 요강에 등을 기대고 말했다.

"듣겠소."

"최고 연장자시여, 우리는 북쪽의 일을 알게 되었습니다."

"우리도 그렇소. 어제 전령이 달려왔지."

어제가 맞던가?

"틀로크나의 겨울 도시에 대해 이야기하던가요?"

노인은 잠시 동안 불 속을 들여다보며 앉아 있었다. 게신을 마지막 한 모금까지 들이마시겠다는 듯 심호흡을 하며 입술 안쪽을 씹는 그의 늙은 얼굴은 (스스로 잘 알다시피) 나뭇조각처럼 무디고 표정이 없었다.

외계인은 차분하고 장중한 목소리로 말했다.

"나쁜 소식을 가져오는 사람이 되고 싶지는 않습니다만."

"아니오. 그 이야기라면 이미 들었소. 알테라, 먼 곳에서 오는, 다른 영역에 사는 다른 부족에게서 날아오는 이야기들 속에서 진실을 가려내기란 어려운 일이오. 틀로크나에서 테바까지 전령이 달려오는 데만도 여드레가 걸리고, 천막과 한 떼까지 끌고 온다면 그 두 배의 시간이 걸릴 거요. 누가 알겠소? 남하가 시작될 때면 테바의 문은 닫아 걸 준비가 끝날 거요. 그리고 그대들은 결코 떠난 적 없는 그 도시 안에 머물겠지. 물론 그대들의 문은 고칠 필요가 없겠지?"

"최고 연장자시여, 이번에는 아주 강한 문이 필요할 겁니다. 틀로크나에는 방벽과 문, 전사들이 있었지요. 지금은 아무것도 없습니다. 이건 풍문이 아닙니다. 랜딘의 사람들이 열흘 전 그곳에 있었습니다. 첫 번째 가알의 접근을 지켜보고 있었지요. 그러나 가알은 모두 한꺼번에 오고 있고……."

"알테라, 나는 들었소……. 이제 그대가 들으시오. 사람들은 때로 적이 오기도 전에 겁에 질려 달아나오. 우리는 이런 이야기도 듣고 저런 이야기도 듣지. 하지만 나는 늙은이요. 가을을 두 번이나 보았고, 겨울이 오는 것도 보았으며, 가알이 남하하는 것도 보았소. 내 진실을 말해 주리다."

"듣겠습니다."

"가알은 우리와 같은 말을 쓰는 사람들이 사는 제일 먼 산 너머 북쪽에 사오. 듣건대 그곳에는 꼭대기에 얼음 강이 있는 산맥 아래로 엄청나게 넓은 여름 초지가 있다더군. 가을 중엽이 지나면, 언제나 겨울인 북극에서부터 추위와 눈 짐승들이 가알의 땅으로 내려오기 시작하지. 그러면 우리 짐승들과 마찬가지로 가알 역시 남쪽으로 이동하오. 그들은 천막을 가지고 내려오지만 도시를 만들지도 곡식을 모으지도 않소. 그들은 가을에서 겨울로 넘어가는 시기, 해 질 녘이면 나무 별자리가 떠오르고 눈별은 아직 뜨지 않는 시기 동안 테바 땅을 통과하오. 그러다가 무방비로 떠도는 가족들, 혹은 사냥 캠프, 지키는 이 없는 가축 떼나 밭을 발견하면 죽이고 훔쳐가지. 허나 굳건히 선 겨울 도시와 그 벽을 지키는 전사들을 보면 창을 흔들고 고함만 지를 뿐이고, 우리는 사라져가는 가알의 뒤편에 화살만 몇 발 쏘아주면 되는 게요……. 그들은 계속 남쪽으로 가다가 까마득한 남쪽 어딘가에서 겨우 걸음을 멈추지. 그들이 겨울을 보내는 곳은 여기보다 따뜻하다고도 하오. 누가 알겠소? 하지만 남하란 그런 것이오. 나는 아오. 알테라, 나는 그들의 남하를 보았고, 얼음이 녹고 숲이 자라기 시작하자 그들이 다시 북으로 돌아가는 것도 보았소. 그들은 돌로 만들어진 도시는 공격하지 않아. 그들은 물과 같지. 물이란 시끄러운 소리를 내며 흐르지만 돌은 물을 갈라놓을 뿐 움직이지 않거든. 테바는 돌이오."

젊은 외인은 고개를 숙이고 앉아 생각에 잠겼다. 너무나 오랫동안 그러고 있어서 월드가 한순간 그의 얼굴을 똑바로 볼 정도였다.

"최고 연장자시여, 말씀하신 바는 모두 사실입니다. 더할 나위 없이 맞는 말씀이고, 지난 세월 동안 언제나 그 방식이 옳았지요. 허나 지금은…… 새로운 시기이고…… 저는 당신과 마찬가지로 제 동족들의 지도자입니다. 저는 도움을 구하는 족장으로서 다른 족장을 찾아왔습니다. 제 말을 믿으십시오. 제 말에 귀를 기울여주십시오. 우리는 서로 도와야 합니다. 가알 중에 대단한 인물이 하나 있습니다. 가알은 그 지도자를 쿠반 혹은 코반이라 부르지요. 그는 가알 부족 전체를 규합하여 군대를 만들었습니다. 지금 가알은 내려오면서 길 잃은 한을 훔치는 게 아니라 해안가 전체에 흩어진 겨울 도시를 습격하여 손에 넣고, 봄에 태어난 남자들을 죽이며, 여인네들을 노예로 삼고, 각 도시마다 겨울 내내 그곳을 지키고 지배하라며 가알 전사들을 남겨둡니다. 봄이 오고 가알이 다시 북상할 때 그들은 이곳에 머물 겁니다. 이 땅은 그들의 땅이 될 겁니다. 이 숲과 들판과 여름 초지와 도시와 사람들 모두, 남아 있는 것은 모두 다……"

노인은 잠시 옆을 보고 있다가 분노에 차 무겁게 말했다.

"그대의 말, 듣지 않겠소. 그대는 나의 동족이 패배하고, 살해당하고, 노예가 될 것이라 말하오. 나의 동족은 인간이며 그대는 외인이오. 그 검은 이야기는 그대의 검은 운명을 위해서나 간직해 두시오!"

"인간이 위험에 처해 있다면 우리는 더 위험합니다. 지금 랜딘에 우리의 수가 얼마나 되는지 아십니까? 2000명이 안 됩니다."

"그렇게 적단 말인가? 다른 도시는? 내가 젊었을 때 그대의 동족은 북쪽 해안에도 살았는데."

"그 도시는 없어졌습니다. 살아남은 이들은 우리에게 왔지요."

"전쟁이라도 났소? 아니면 질병? 그대들 외인에게는 질병이 없을 텐데."

"태어난 곳이 아닌 세계에서 살아남기란 어려운 일이지요."

아가트는 짧고 음울하게 대꾸했다.

"어쨌든 우리는 적고, 수적으로 약할 수밖에 없습니다. 우리는 가알이 올 때 테바와 동맹을 맺기를 청합니다. 그리고 가알은 30일 이내에 옵니다."

"가알이 지금 틀로크나에 있다면 그보다 빠를 거요. 이미 늦은 셈이지. 곧 눈이 올 테니……. 그들은 걸음을 재촉할 거요."

"그러지 않을 겁니다. 그들은 천천히 오고 있어요. 5만, 6만, 아니 7만 명이 한꺼번에 오고 있으니까요!"

갑자기, 그리고 무시무시하게도 월드는 그가 말한 바를 보았다. 넓적한 얼굴의 키 큰 족장을 앞세워 고갯길을 넘어오는 끝도 없는 사람의 물결을 보았고, 부서진 도시 방벽 아래 학살되어 누운 틀로크나 사람들을……. 혹은 테바 사람들이었을까? 고인 피를 덮는 얼음 조각들을. 그는 그런 광경을 떨쳐버리기 위해 머리를 흔들었다. 무엇에 씌었던 걸까? 그는 잠시 동안 말없이 앉아 입술 안쪽을 잘근잘근 씹었다.

"흠, 나는 그대의 말을 들었소, 알테라."

"완전히는 아니지요."

이것은 야만적이라고밖에 할 수 없는 무례한 태도였지만, 그는 외계인이었고 저네들의 족장이기도 했다. 월드는 그가 계속 말하게 내버려 두었다.

"준비할 시간은 있습니다. 아스카테바 사람들과 알락스캇, 펀멕 사람들이 뭉치고 우리의 도움을 받아들인다면 이쪽도 군대를 만들 수 있어요. 우리가 단단히 무장하고 세 영역의 북쪽 가장자리까지 가서 가알을 기다린다면, 전체 남하는 힘센 상대와 부딪치느니 옆으로 틀어 동쪽 산길로 내려가는 편을 택할 겁니다. 우리 기록에 따르면 이전 연도 중 두 번 동쪽 길로 내려간 전례가 있어요. 이미 시기가 늦었고 점점 추워지고 있어 남은 사냥감이 많지 않으니만큼 가알은 싸울 준비가 된 이들을 만나면 옆으로 틀어 길을 재촉할 겁니다. 제가 보기에 쿠반에게는 허를 찌르는 것과 숫자 외에는 다른 전략이 없어요. 그의 방향을 돌릴 수 있습니다."

"펀멕과 알락스캇의 사람들은 우리와 마찬가지로 겨울 도시 안에 있소. 아직도 인간의 방식을 모르는 건가? 겨울에 벌어지는 전투는 없단 말이오!"

"그런 법칙은 가알에게나 말씀하시지요! 평의회를 소집해 보십시오. 하지만 제 말을 믿으셔야 합니다!"

외인은 몸을 일으키고는 조금 전에 뱉은 맹렬한 항변과 경고에 떠밀리듯 걸음을 옮겼다. 월드는 그에게 안타까움을 느꼈다. 열정과 계획이 얼마나 거듭거듭 낭비되어 버리는지, 스스로의 삶과 행동이 어떻게 열망과 두려움 사이에서 허비되는지를 알지 못하는 젊은이들에게 종종 느끼는 안타까움이었다.

그는 무딘 친절을 더하여 말했다.

"나는 그대의 말을 들었소. 내 동족 연장자들이 그대가 말한 바를 들을 것이오."

"그러면 제가 내일 와서……."

"내일, 어쩌면 그 후……."

"최고 연장자시여, 30일밖에 없습니다! 최대로 잡아도 30일이란 말입니다!"

"알테라, 가알은 왔다 갈 거요. 겨울은 그렇게 지나가지 않소. 땅이 얼음으로 변하는데 승리한 전사들이 돌아올 곳이 완성되지 않은 집이라면 무슨 소용이 있겠소? 일단 겨울 대비가 끝나면 가알에 대해 걱정하겠소……. 이제 다시 앉으시게."

그는 노여움을 풀기 위해 두 번째로 게신 조각을 꺼냈다.

"그대의 아버지도 아가트였던가? 그가 젊었을 때 알고 지냈지. 그리고 내 쓸모없는 딸아이 하나가 말하기로는 모래톱을 걷다가 그대와 마주쳤다더군."

외인은 조금 빠른 동작으로 눈을 들었다.

"맞습니다. 그렇게 만났지요. 밀물과 썰물 사이 갯벌에서요."

3 태양의 진정한 이름

　무엇 때문에 이 해안에 물이 밀려왔다 빠지고, 하루 만에 물이 15에서 50피트 깊이로 들어왔다 나가는가? 테바의 연장자 중 누구도 이 질문에 대답하지 못했다. 랜딘의 아이들은 누구나 대답할 수 있었다. 달이 밀물 썰물을 일으키는 것이다. 달의 인력이······.
　그리고 달과 지구는 서로의 주위를 돈다. 400일, 곧 한 번의 월기가 걸리는 당당한 회전이었다. 그리고 달과 지구는 함께 태양 주위를 돌며, 텅 빈 허공 한가운데에서 빙글빙글 엄숙하고 장대한 춤을 춘다. 그 춤은 예순 번의 월기, 2만 4000일, 즉 한 사람의 일생인 1년 동안 이어졌다. 그리고 그 중심인 태양의 이름은, 태양의 이름은 엘타닌, 감마 드라코니스였다.
　자콥 아가트는 숲의 회색 나뭇가지들 아래로 들어가기 전에 서쪽 산마루 위 안개 속으로 잠겨 드는 태양을 쳐다보며 마음속으로 진정한 이름을 불렀다. 태양의 진정한 이름, 그것은 태양이 유일무이한 것이 아니며 다른 별들과 같은 하나의 별에 지나지 않는다는 뜻이었다.

뒤쪽 테바 언덕 비탈에서 노는 아이들의 목소리를 듣자 야유와 흘긋흘긋 훔쳐보던 얼굴들, 두려움을 숨긴 조롱의 속삭임과 등 뒤에서 "여기 외인이 있어! 와서 봐!"라고 고함치던 소리들이 떠올랐다. 나무 밑에 홀로 선 아가트는 굴욕을 피하기 위해 걸음을 빨리했다. 그는 테바의 천막들 사이에서 굴욕을 당했고 또한 고립감에 고통받았다. 평생 동족들로만 이루어진 작은 공동체 안에서 살며 모든 이름과 얼굴과 마음을 알았던 그에게 낯선 이들과 대면하기란 힘든 일이었다. 자기네 땅에 모여 있는 적대적인 타 종족은 더욱 힘들었다. 그는 두려움과 굴욕감에 사로잡혀 잠시 걸음을 멈췄다. 그는 생각했다.

'내가 저곳에 다시 가면 내 성을 간다! 늙은 바보는 자기 마음대로 냄새나는 천막에 앉아서 가알이 올 때까지 연기나 피워대라고 해. 무식하고 고집 세고 싸움이나 좋아하는 놈들, 허여멀건한 얼굴에 노란 눈의 야만인들, 머리 굳은 힐프들 따위 모조리 불타 버리라지!'

"알테라?"

그 여자가 뒤따라와 있었다. 그녀는 그에게서 몇 야드 뒤의 오솔길에 서서 흰 줄이 들어간 바수크 나무 둥치에 손을 얹고 있었다. 노란 눈은 하얀 얼굴 속에서도 흥분과 웃음기를 띠고 빛났다. 아가트는 꼼짝않고 서 있었다.

그녀는 곁눈질을 하며 또 한 번 가냘프고 달콤한 목소리로 그를 불렀다.

"알테라?"

"뭘 원하시오?"

그녀는 주춤하며 말했다.

"롤레리예요. 모래톱에서 만났던……."

"당신이 누군지는 알아요. 내가 누군지는 아시오? 난 거짓 인간, 외인이오. 당신네 부족 남자들이 나와 같이 있는 걸 봤다간 날 거세하거나 당신을 윤간할 거요……. 당신네가 어떤 규칙을 따르는지는 모르겠지만 말이오. 그러니 집에나 가요!"

"우리 동족은 그런 짓을 하지 않아요. 그리고 당신과 나 사이엔 친척 관계도 있잖아요."

그녀의 말투는 단호했지만 망설이는 부분도 있었다.

그는 돌아섰다.

"당신 어머니의 자매가 우리 천막에서 죽었……."

"부끄러운 일이었지."

그는 그렇게 말하고 걸어갔다. 그녀는 따라오지 않았다.

그는 산마루로 올라가는 왼쪽 갈림길로 방향을 꺾으면서 잠시 걸음을 멈추고 뒤를 돌아보았다. 죽어가는 숲 전체에 움직이는 것이라곤 지긋지긋한 식물의 고집으로 남쪽을 향하며 뒤에는 가느다랗게 자취를 남긴, 죽은 잎사귀들 속으로 뻗어 내리는 늦된 발뿌리 하나뿐이었다.

종족적인 자존심이 그 여자를 거칠게 다룬 것을 부끄러워하지 못하게 막았고, 오히려 안도감과 자부심이 느껴지는 것 같았다. 그는 힐프들의 모욕에 익숙해지고 그들의 완고함을 무시할 줄 알아야 했다. 어쩔 수 없었다. 그들은 타고난 고집불통이었다. 늙은 족장은 나름대로 진실한 호의와 인내심을 보여주었다. 그, 자콥 아가트 역시 똑같은 인내심과 똑같은 고집을 지녀야 한다. 그의 동족, 이 세계에 떨어진 인류의 운명이 앞으로 30일 동안 이 힐프 부족들이 무슨 일을 하고 하지 않느냐에 달려 있었다. 초승달이 떠오르기 전에 600월기, 10년, 스무 세대에 걸친 기나긴 투쟁과 오랜 노력이 끝나 버릴지도 모른다. 그가 운이 좋지 않다면, 그가 참고 인내할 줄 모른다면…….

바싹 말라 잎이 떨어진 큰 나무들이 이 구릉 지대를 따라 몇 마일씩 엉켜 서 있었다. 나뭇가지는 썩고 뿌리가 땅 위에 말라붙은 나무들은 북풍에 밀려 쓰러질 태세였다. 몇천 번의 낮과 밤을 서리와 눈 아래 누워 있다가 또 길고 긴 봄의 해빙기가 오면 썩어 들어가 그 죽음으로 그들의 씨앗이 묻힌 흙을 비옥하게 하겠지. 깊은, 아주 깊은 잠을 자며. 끈기, 끈기…….

그는 바람을 맞으며 랜딘의 밝은 색 돌길을 따라 광장까지 내려갔고, 경기장에서 운동을 하는 학생들 옆을 지나쳐 아치 현관을 통해 높은 건물 안으로 들어갔다. '연맹 회당'이라는 옛 이름으로 불리는 건물이었다.

광장을 둘러싼 다른 건물들과 마찬가지로 이 건물 역시 5년 전, 아직 랜딘이 작지만 강하고 부유한 나라의 수도였던 때에 지어졌다. 1층은 전체가 널찍한 모임용 회관이었다. 사방의 회색 벽에는 대담하고 섬세한 금장식이 들어가 있었다. 동쪽 벽에는 아홉 개의 행성에 둘러싸인 도식적인 모양의 태양이 서쪽 벽에서 아주 긴 타원을 그리며 태양 주위를 도는 일곱 행성과 마주보았다. 양쪽 모두 세 번째 행성은 이중 행성이었고, 수정이 박혀 있었다. 문 위와 제일 안쪽 끄트머리에는 부러질 듯한 화려한 바늘이 달린 둥그런 숫자판이 현재 감마 드라코니스 III 거류지의 열 번째 지역년 45번째 월기의 391번째 날임을 말해 주었다. 숫자판은 또한 이날이 '모든 세계의 연맹' 달력으로는 1405년 202일이며, 고향에서는 8월 12일이라는 것도 알려주었다.

대부분 사람들은 지금도 모든 세계의 연맹이 있을까 의심했고, 역설을 좋아하는 몇 사람은 사실 고향이라는 곳이 있기는 했던 거냐고 묻기를 즐겼다. 하지만 이곳 대회합실과 지하에 있는 기록실에서 600연맹년 동안 쉼없이 달린 시계들의 기원과 불변성을 생각하면 연맹이 실제로 존재했으며, 지금도 인류가 태어난 고향은 존재하는 것 같았다. 그들은 끈기 있게 암흑의 심연과 세월 저편에 잃어버린 행성의 시간을 지켰다. 끈기, 끈기…….

다른 알테라들은 위층 도서실에서 그를 기다리고 있거나, 그보다 조금 늦게 도착했다. 그들은 화덕 주위에 모여 섰다. 모두 열 명이었다. 세이코와 알라 파스팔이 가스 버너를 켜더니 불을 줄였다. 아가트는 아무 말도 하지 않았건만, 친구 후루 필롯손이 옆으로 다가와 서며 말했다.

"그치들 때문에 풀이 죽지는 말라고, 자콥. 멍청하고 고집 센 유목민 떼거리들……. 그들은 절대 뭘 배우지 못할 거야."

"내가 네게 메시지라도 보냈어?"

"아니, 그건 아니지."

후루는 키득거렸다. 그는 몸놀림이 빠르고 호리호리하며 수줍음이 많은 친구로 자콥 아가트에게 헌신적이었다. 그가 동성애자이고 아가트는 이성애자라는 것은 두 사람 다, 주위에 있는 사람들 모두, 아니 사실상 랜딘 사람 모두가 잘 아는 사실이었다. 랜딘에 사는 사람들은 모두가 모든 것을 알았고, 이 넘치는 정보 교환에 대처할 방법은 아무리 지치고 힘들더라도 솔직 담백해지는 것뿐이었다.

"떠날 때 너무 많은 걸 기대했잖아. 그래서 그래. 실망한 게 드러난다고. 하지만 그렇다고 낙심하지는 말란 말이야, 자콥. 힐프일 뿐이잖아."

다른 사람들이 귀를 기울이고 있음을 깨달은 아가트는 큰 소리로 말했다.

"그 노인네에게 내가 계획한 바를 이야기했어. 평의회에 이야기하겠다더군. 얼마쯤이나 이해했는지, 또 얼마쯤이나 믿는지는 모르겠어."

"귀를 기울이기라도 했다니 내 기대 이상이로군."

검푸른 피부에, 주름 진 얼굴 위로 왕관처럼 흰 머리카락을 인 날카롭고 여린 알라 파스팔이 말했다.

"월드는 나만큼이나……, 아니 그보다 더 오래 살았지. 그가 전쟁과 변화를 환영하리라 기대하지는 말게."

"하지만 그치에겐 괜찮은 기질이 있어요. 인간과 결혼했잖습니까."

데르맛의 말이었다.

"그랬지. 나의 사촌이자 자콥의 이모인 아릴라와 결혼했지……. 월드의 여자 동물원에 들어간 이국적인 수집품이랄까. 그때의 구혼 과정이 떠오르는군."

알라 파스팔은 데르맛이 풀 죽을 만큼 신랄하게 대꾸했다.

실망한 존켄디 리가 조급한 투로 더듬더듬 말했다.

"우리를 돕는 데 대한 결정은 없었던 건가요? 경계선까지 올라가서 가알과 맞서자는 계획에 대해 이야기했어요?"

그는 아주 젊었고 나팔 소리와 함께 행진해 나가는 근사한 전쟁을 꿈꾸었다. 다들 그랬다. 굶어 죽거나 산 채로 타 죽느니. 아가트는 소년이나 다름없는 존켄디에게 근엄하게 말했다.

"시간을 줘야지. 이제 결정할 거야."

"월드가 널 어떻게 맞아들였어?"

세이코 에스밋이 물었다. 그녀는 위대한 집안의 마지막 후손이었다. 거류지의 첫 지도자와 그 자식들만이 에스밋이라는 성을 썼다. 그 성은 그녀와 함께 사라질 것이다. 그녀는 아가트와 같은 나이에, 아름답고 섬세하면서도 신경질적이고 억압되어 원한에 차 있는 여자였다. 알테라들의 모임이 있을 때마다 그녀의 눈길은 항상 아가트에게 머물렀다. 누가 무슨 이야기를 하든 그녀는 아가트만 바라보았다.

"동등한 입장으로 받아들이더군."

알라 파스팔이 만족스레 고개를 끄덕이더니 말했다.

"그는 언제나 다른 이들보다 분별력이 있었지."

그러나 세이코의 말은 끝난 것이 아니었다.

"나머지는 어땠지? 그들의 천막 사이로 그냥 걸어갈 수 있었어?"

세이코는 그가 아무리 잘 감추고 잊어버리더라도 늘 그가 느낀 모욕감을 후벼 파낼 수 있었다. 그들은 열 가지가 넘는 친척 관계로 얽혀 있었고, 누이이자 소꿉동무이자 연인이자 동료로서 그녀는 그의 내면에 있는 어떤 연약함이나 고통도 바로 이해할 수 있었다. 그녀의 공감과 연민은 덫처럼 그를 조여들었다. 그들은 지나치게 가까웠다. 후루, 늙은 알라, 세이코, 모두가 지나치게 가까웠다. 오늘 그를 무기력하게 만들었던 고립감은 오히려 거리감과 고독이 어떤 것인지 엿보게 해주었고 마음속의 갈망을 일깨웠다. 세이코는 그의 모든 기분 변화와 말을 민감하게 지켜보았으며 맑고 부드럽고 까만 눈으로 똑바로 그를 응시했다. 그 힐프 여인, 롤레리는 한 번도 그를 쳐다보지 않았고 그와 눈을 마주치지 않았다. 외계 여인의 금빛 시선은 언제나 옆을 향했고 넌지시 그를 훑고 지나갔다.

"그들은 날 막지 않았어." 그는 세이코에게 짧게 대답하고 말을 이었다. "자, 그들은 어쩌면 내일, 아니면 그 다음 날쯤 우리의 제안에 대해 결정을 내릴 거야. 오늘 오후 '바위'에 식료품을 저장하는 작업은 어떻게 됐지?"

대화는 전반적인 내용으로 바뀌었지만 매번 자꼽 아가트를 중심으로 돌고 매번 그에게 돌아가는 경향은 어쩔 수 없었다. 이중에는 그보다 나이 많은 사람도 몇 있었고, 열 명의 알테라는 모두 10년 임기로 동등하게 뽑혔지만 누구나 인정하다시피 그가 그들의 지도자요, 중심이라는 사실은 명백했다. 그가 움직이거나 말을 할 때 보여주는 활력 이외에 다른 특별한 이유는 찾을 수 없었다. 권위란 권위를 지닌 사람에게서 보이는 것인가, 아니면 그 주위에 있는 사람에게서 찾아볼 수 있는 것인가? 어쨌든 그가 오랫동안 짊어졌고 매일매일 더 무거워져만 가는 책임의 짐은 긴장과 침울함이라는 결과로 드러났다.

세이코와 다른 평의회 여자들이 바수크 잎을 뜨거운 물에 담가 만든 '차'라는 의식용 음료를 끓여 작은 잔에 돌리는 동안 그는 필롯손에게 말했다.

"한 가지 실수를 저질렀어. 그 노인네에게 가알이 정말 위험하다는 걸 납득시키려고 애를 쓰다가 그만 한순간 메시지를 보냈던 것 같아. 언어형은 아니었지만, 유령이라도 본 것 같은 표정이었거든."

"너는 아주 강력한 감각 투사력을 지니고 있는 데다가, 긴장했을 때는 통제력도 느슨해지는 편이지. 그 노인네는 정말로 유령을 봤을지도 몰라."

"우린 너무나 오랫동안 힐프들과의 접촉 없이 이 안으로만 파고들었고 심각하게 고립되어 있었어. 내 통제력을 믿을 수가 없을 지경이야. 처음에는 해변에 내려간 여자에게 말을 걸고 그 다음엔 월드에게 투사하고……, 이런 일이 계속 벌어졌다간 거주 첫 해에 그랬던 것처럼 우릴 마녀와 마법사들로 몰겠지. 그래도 우린 그들이 우리를 믿게 만들어야 해. 너무나 짧은 시간 안에 말이야. 가알에 대해 조금만 빨리 알았더라도!"

필롯손은 여느 때처럼 신중하게 말했다.

"글쎄, 더 이상 해안 정착지가 남아 있지 않은 이상 정찰병을 북으로 보내어 경고를 받을 수 있었던 것만 해도 네 선견지명 덕이야."

그는 세이코에게서 김이 모락모락 오르는 작은 잔을 받아 들며 "건강하기를, 세이코."라고 덧붙였다.

아가트는 세이코의 쟁반에 놓인 마지막 잔을 받아 내용물을 마셨다. 갓 우려낸 차에는 약간이지만 감각을 자극하는 성분이 있었고, 그래서 그는 목구멍 혈관이 오그라드는 투명한 열기와 세이코의 강렬한 눈빛, 불을 땐 크고 휑한 방, 창밖의 황혼을 생생하게 인식했다. 손에 쥔 푸른 도자기 잔은 무척이나 오래된 물건이었다. 다섯 번째 해에 만든 물건이었다. 창문 아래 서가에 꽂힌 수제 인쇄물도 오래되었고, 창틀에 끼운 유리마저 낡았다. 그들의 사치품, 그들을 문명인으로 만들어주는 물건, 그들을 알테라로 유지시켜주는 물건은 모조리 옛것이었다. 아가트가 태어난 이후는 물론이고 그 한참 전부터 인간의 복잡하고 미묘한 기술과 영혼을 지지해 줄 에너지나 여유는 없어진 지 오래였다. 지금 그들은 고작해야 유지하고, 지탱해 나갈 뿐이었다.

한 해 한 해, 최소한 열 세대에 걸쳐 그들의 수는 점점 줄어들었다. 아주 완만한 속도로 줄기는 했지만 매번 조금씩 적은 수의 아이들이 태어났다. 그들은 규모를 줄이고 한 곳에 모였다. 이 땅을 지배하려던 오래전의 꿈은 철저히 잊혀졌다. 겨울과 적대적인 힐프 부족들에 무너지지 않았을 경우에는 모두 옛 중심지이자 첫 번째 거류지인 랜딘으로 돌아왔다. 그들은 아이들에게 옛 지식과 옛 관습을 가르쳤지만 새로운 것은 하나도 없었다. 그들의 삶은 점차 초라해졌고, 정교함보다는 간소함에, 분쟁보다는 평온에, 성공보다는 용기에 더 높은 가치를 부여하게 되었다. 그들은 퇴보했다.

아가트는 손에 쥔 작은 잔을 들여다보며 그 맑고 깨끗한 투명함, 그 잔을 만든 완벽한 기술과 부서지기 쉬운 재질에서 그들 정신의 전형을 보았다. 높은 창문 밖 하늘도 똑같이 투명한 푸른빛이었다. 하지만 차가웠다. 푸른빛 황혼은 한없이 넓고 차가웠다. 어린 시절 느끼던 두려움이 되살아났다. 그는 어른이 된 후 그 두려움에 이유를 붙였다. 그가 태어나고 그의 아버지와 할아버지와 그 조상들이 스물세 세대에 걸쳐 태어난 이 세계가 그의 고향이 아니기 때문이라고. 그의 종족은 이곳에서 외계인이었다. 그들은 마음속 깊이 언제나 그 사실을 알고 있었다. 그들은 너무 먼 곳에서 난 이들이었다. 그리고 이 세계는 조금씩 조금씩, 장엄할 정도로 느리게, 식물처럼 끈기 있는 진화 과정을 통해 접지를 거부하고 그들을 죽여 갔다.

어쩌면 그들이 이 과정에 너무 순종적인 것인지도 몰랐다. 너무 기꺼이 죽어주는 것일지도 몰랐다. 하지만 애초부터 순종하는 것이, 연맹의 법을 강철처럼 고수하는 것이 그들의 강점이었고, 그들 각자는 여전히 강했다. 그러나 그들에게는 세대 수를 줄이는 불임과 유산에 맞서 싸울 지식도 기술도 없었다. 연맹의 책이라 해서 모든 지혜가 다 실려 있는 것은 아니었고, 날이 가고 해가 갈수록 그 지식도 조금씩 소실되어, 지금 이곳의 일상 생활에 당장 써먹을 수 있는 지식들로 대체되었다. 그리고 마침내는 척이 이야기하는 내용을 대부분 이해하지 못할 지경에 이르렀다. 대체 어떤 유산이 지금까지 남아 있겠는가? 오랜 희망과 전설 속에 나온 대로, 별들 사이로 불을 내뿜으며 배가 내려앉아 그 속에서 사람들이 걸어 나온다면 그들을 같은 사람으로 알아줄까?

하지만 배는 오지 않았고, 앞으로도 오지 않을 것이다. 그들은 죽어 없어질 것이다. 이곳에서의 삶, 이 세계에서의 긴 유배와 투쟁도 사기 조각처럼 깨어져 사라질 것이다.

 그는 조심스레 잔을 쟁반 위에 내려놓고 이마의 땀을 훔쳤다. 세이코가 그를 보고 있었다. 그는 갑자기 그녀에게서 몸을 돌려 존켄디와 데르맛, 필롯손의 이야기에 귀를 기울이기 시작했다. 황량하고 불길한 예감이 소용돌이치는 가운데 그는 바다에 포위된 검은 돌에서 겁에 질려 손을 뻗던 롤레리의 호리호리하고 기민한 모습을 잠시 떠올렸다. 갑자기 그녀의 모습이 떠오르다니, 엉뚱하면서도 어떤 설명이자 신호 같기도 했다.

4 키 큰 젊은이들

　돌과 돌이 부딪는 소리가 아직 완성되지 않은 겨울 도시와 방벽과 지붕들 사이르, 사방에 쳐놓은 높고 붉은 천막으로 메아리도 없이 딱딱하게 울려 퍼졌다. 딱 딱 딱 딱, 소리가 한참 동안 이어지더니 갑자기 대위법으로 따닥 딱 딱 따닥이라는 두 번째 돌 소리가 합세했다. 좀 더 높은 음조의 경쾌한 소리가 끼어들고, 다른 소리가, 또 다른 소리가 합쳐져 마침내는 이어지는 소리 속에 박자도 선율도 사라져버렸다. 산사태처럼 쏟아지는 높고 메마른 돌 소리에 각각 따로 부딪는 돌 소리는 알아들을 수 없이 잠겨버렸다.
　귀를 마비시키는 소리 사태가 그칠 줄 모르고 이어지는 동안, 아스카테바 사람들 중 가장 나이 많은 이는 천막에서 나와 늦은 가을 늦오후의 비스듬한 햇살 속에 연기를 피워 올리는 화톳불과 천막들 사이를 느릿느릿 걸었다. 노인은 뻣뻣하고 무거운 걸음으로 혼자 부족민들의 천막을 지나 겨울 도시의 문 안으로 들어갔고, 이어지는 구불구불한 길을 따라 땅 위로 벽을 세우지 않은 집들의 천막 같은 나무 지붕들 사이를 통과하여 지붕 꼭대기들 한가운데에 뚫린 공터에 들어섰다. 그곳에는 백여 명의 남자들이 턱을 무릎에 고이고 앉아 단조로운 진동이 일으키는 몰아지경에 든 채 돌을 두들기고 있었다. 월드는 원을 완성하며 자리에 앉았다. 그는 앞에 놓인 무겁고 매끈한 돌 두 개를 집어 만족스러운 묵직함을 느끼며 큰 돌 위에 내리쳤었다. 따닥! 따닥! 따닥! 일정치 않은 달각달각 소리가 왼쪽 오른쪽으로 이어졌고, 가끔 한 번씩 특정한 리듬을 구분할 수 있었다. 리듬은 사그라졌다 되돌아오며 소리들의 고리를 연결했다. 월드는 자신에게까지 돌아온 리듬을 붙잡아 유지하면서 내려뜨렸다. 이제 그 리듬이 달각거리는 소리들을 지배했다. 이제 월드 왼쪽에 있는 이들은 두 개의 돌을 함께 들어올렸다 내리치며 같은 리듬을 때렸다. 이제 오른쪽도. 이제 원 저편에 있는 이들도 함께 돌을 내리치며 같은 리듬을 유지했다. 소음은 사라지고, 리듬이 어수선한 소리들을 찍어 누르며 서로 상충하는 목소리들을 하나의 그침 없는 리듬으로, 호응으로 바꾸었다. 그 소리는 아스카테바 사람들의 심장 박동처럼 울리고, 울리고, 또 울렸다.

이것이 그들의 음악이요, 그들의 춤이었다.

마침내 한 남자가 펄쩍 뛰어올라 원 중심부로 걸어 들어갔다. 웃통을 벗고 팔다리엔 검은 줄을 그려 넣었으며 머리카락은 얼굴 주위에 몰린 먹구름 같았다. 리듬이 가벼워지며 서서히 잦아들었다. 정적이 내려앉았다.

"북쪽에서 온 전령이 가알이 해안 길을 따라 오고 있으며 엄청난 규모라는 소식을 가져왔소. 그들은 틀로크나까지 왔소. 모두 들었소?"

동의의 웅성거림.

"이제 이 돌두드림을 소집한 분에게 귀를 기울이시오."

샤먼 포고관이 외치자 월드는 힘겹게 몸을 일으켰다. 그는 그 자리에 서서 똑바로 앞을 보았다. 묵직하고 상처투성이에 흔들리지 않는 그는 늙은 바위 같은 사람이었다.

그는 한참 뜸을 들이다가 나이 탓에 약해지기는 했어도 여전히 장중한 목소리로 입을 열었다.

"외인 하나가 내 천막에 찾아왔소. 그는 랜딘에 있는 외인의 족장이오. 그는 외인의 수가 줄어들었다며 우리 인간의 도움을 청했소."

조용히 턱을 무릎에 괴고 앉아 원을 이룬 씨족과 가족의 장들 모두가 웅성거렸다. 원 바깥, 그리고 원을 둘러싼 나무 지붕 꼭대기들 바깥 저 높이 흰 새 한 마리가 차가운 금빛 햇살 속을 빙 돌았다. 겨울의 선발대였다.

"이 외인이 말하길 가알이 씨족과 부족별로가 아니라 하나의 무리로 남하하고 있다고 하오. 대단한 족장이 수만 명을 이끌고 있다는 게요."

"그걸 그는 어떻게 안답니까?"

누군가가 외쳤다. 테바의 돌두드림은 의례가 그리 까다롭지 않았다. 가끔은 그런 부족도 있었지만 테바는 샤먼에게 지배받은 적이 없었다. 월드는 마주 소리를 질렀다.

"북쪽에 정찰대를 보냈다더군! 그는 가알이 겨울 도시를 포위하고 약탈한다고 말했소. 전령이 틀로크나에 대해 한 말도 같소. 외인은 테바의 전사들이 외인들과 펀멕과 알락스캇 사람들과 한데 뭉쳐 북쪽으로 올라가 남하를 산길 쪽으로 돌려야 한다고 말하오. 그는 이런 것들을 이야기했고 나는 들었소. 모두 들었소?"

이번에는 동의의 소리가 고르지 않고 거칠었다. 한 씨족장이 벌떡 일어났다.

"최고 연장자님! 당신의 입에서 우리는 언제나 진실만을 듣습니다. 허나 외인이 언제 진실을 말했습니까? 언제 인간이 외인의 말에 귀를 기울였습니까? 저는 이 외인이 한 말을 하나도 듣지 않겠습니다. 그의 도시가 남하에 휩쓸려 망한다 한들 뭐 어떻습니까? 그곳에는 인간이 살지 않아요! 망하게 내버려두면 우리 인간들이 그들의 영역까지 손에 넣을 수 있습니다."

지금 이야기한 왈멕은 덩치가 크고 가무잡잡하며 말이 많은 사내였다. 월드는 그를 좋아하지 않았고, 싫은 감정이 답에도 영향을 끼쳤다.

"왈멕의 말을 들었소. 처음도 아니지. 외인이 인간인지 아닌지 그걸 누가 알겠소? 어쩌면 전설 속에서처럼 하늘에서 떨어졌는지도 모르지. 아닐지도 모르고 말이오. 적어도 이번 해에 하늘에서 떨어진 자가 없었던 것만은 확실하오……. 그들의 생김새는 인간과 같소. 싸움도 인간처럼 하지. 외인 여자들은 우리 여인네들과 비슷하오. 그건 내가 장담할 수 있지! 그들에게는 나름의 지혜가 있소. 그들의 말에 귀를 기울여보는 게 좋을 것이오……."

외인 여인에 대한 언급에 엄숙하게 둘러앉은 사내들 모두가 이를 드러내고 웃었지만, 월드는 그런 말을 하지 말걸 그랬다고 생각했다. 그들에게 외계인과 엮인 그의 과거를 상기시키다니, 어리석었다. 게다가 잘못된 일이기도 했다……. 그녀는 결국 그의 아내였으니…….

그는 더 이상 말하지 않겠다는 뜻을 드러내며 혼란에 빠져 주저앉았다.

그러나 다른 사내들 중에 몇 명은 전령의 이야기와 아가트의 경고에 그 소식을 무시하거나 믿지 않는 이들과 언쟁을 벌일 정도만큼은 강한 인상을 받은 모양이었다. 봄에 태어난 월드의 아들 중 하나이며 습격과 약탈을 좋아하는 우막수만은 경계선까지 행진하자는 아가트의 제안을 지지했다.

"속임수요. 우리 장정들이 북쪽으로 떠났다가 첫눈에 죽어 넘어지면 그 사이에 외인들이 여기로 와서 우리 가축과 아내를 훔치고 곡물 창고를 강탈할 속셈이야. 놈들은 인간이 아니오. 놈들에겐 하나도 좋은 게 없어!"

왈멕은 버럭버럭 고함을 질렀다. 이렇게 꽥꽥대기 좋은 주제도 흔치 않으리라.

"놈들이 원하는 건 우리 여자들뿐입니다. 놈들의 수가 줄어들고 낳는 아이마다 괴물인 것도 당연하지요. 놈들은 인간의 아이를 자기들처럼 키우려고 우리 여자들을 원하는 거예요!"

흥분할 대로 흥분한 어느 젊은 가장의 말이었다.

"어허!"

월드는 잘못된 정보가 뒤범벅된 이 말에 혐오감을 느끼며 으르렁거렸지만, 계속 앉아서 우막수만에게 상황을 맡겼다.

우막수만은 말을 이었다.

"외인이 옳은 말을 했다면 어쩌겠소? 몇 만의 가알이 한꺼번에 우리 영역을 통과한다면? 그들과 싸울 준비가 되어 있나?"

"하지만 방벽은 완성되지 않았고, 성문도 올라가지 않았으며, 마지막 추수도 아직 쟁이지 못했소."

나이가 많은 축이 말했다. 이것이야말로 문제의 핵심이었다. 외계인에 대한 혐오감보다 훨씬 중요한 문제였다. 남자들이 북쪽으로 떠난다면, 여자와 아이들과 노인들만으로 겨울이 닥치기 전까지 겨울 도시를 완공할 수 있을 것인가? 가능할 수도 있고 그렇지 않을 수도 있었다. 외인의 말을 받아들이기는 무리였다.

월드는 아무 결정도 내리지 않았다. 연장자들의 결정에 승복할 작정이었다. 그는 아가트라는 외인이 마음에 들었고, 그가 거짓말을 하고 있다고도 착각하고 있다고도 생각하지 않았다. 하지만 알 수 없는 일이었다. 때로는 외계인들만이 아니라 인간도 모두 서로에게 있어 외계인이다. 장담 같은 것은 할 수 없었다. 가알은 군대를 이루어 오고 있을지도 모른다. 겨울은 확실히 오고 있다. 어느 적이 먼저인가?

연장자들은 아무 행동도 하지 않는 쪽으로 의견을 몰아갔지만, 우막수만을 따르는 이들은 이웃해 있는 알락스캇과 편멕에 전령을 보내어 공동 방어라는 문제에 대해 말이라도 해보자는 쪽으로 사람들을 설득했다. 결정된 것은 그게 다였다. 샤먼은 전쟁을 하기로 결정 났을 때 돌로 쳐 죽이기 위해 잡아두었던 깡마른 한을 풀어주었고 연장자들은 흩어졌다.

밖에서 소란이 일었을 때 월드는 혈족 사내들과 함께 천막 안에 앉아 뜨거운 김이 오르는 근사한 브한 그릇을 앞에 두고 있었다. 우막수만이 나가서 사람들에게 꺼지라고 소리를 지르더니 외인 아가트를 앞세워 다시 큰 천막 안으로 들어왔다.

노인은 두 손자에게 몰래 눈짓을 하며 말했다.

"환영하오, 알테라. 함께 앉아 들겠소?"

그는 사람들을 놀래기를 즐겼다. 언제나 그랬다. 오래전 외인들을 찾아다닌 것도 그래서였다. 그리고 지금의 이 말을 함으로써 다른 사내들 앞에서 오래전 그의 아내였던 외인 여인에 대해 이야기한 데서 느낀 수치심을 덜 수 있었다.

전과 똑같이 차분하고 의젓한 모습의 아가트는 그의 말을 받아들여 이런 환대를 중요하게 생각한다는 것을 보여줄 만큼 음식을 먹었다. 그는 모두가 식사를 끝내고 우크웨트의 아내가 그릇을 가지고 종종걸음쳐 나갈 때까지 기다려서 말했다.

"최고 연장자시여, 듣겠습니다."

"들을 것이 많지는 않소이다."

월드는 그렇게 말하고 트림을 했다.

"펀멕과 알락스캇으로 전령을 보낼 거요. 그러나 전쟁을 하자는 의견은 별로 없소. 추위는 나날이 더해 가오. 안전은 벽 안, 지붕 밑에 있지. 당신네처럼 지나간 시간 속을 걸을 줄은 모르오만, 우리도 인간의 방식이 늘 어떠했으며 어떠한지는 알고 또 그대로 따른다오."

외인은 말했다.

"여러분의 방식은 훌륭합니다. 어쩌면 너무 훌륭해서 가알이 배운 것일지도 모르지요. 이전의 겨울에 여러분이 가알보다 강했던 것은 일족들이 한데 뭉쳐 대항했기 때문입니다. 이제는 가알 역시 숫자에 힘이 있다는 사실을 배운 겁니다."

"그 소식이 사실이라면 그렇겠지."

아들인 우막수만보다 나이가 많기는 하지만 월드의 손자가 되는 우크웨트가 말했다.

아가트는 말없이 그를 쳐다보았다. 우크웨트는 즉시 그 곧고 어두운 시선을 피했다.

우막수만이 말했다.

"그게 사실이 아니라면, 왜 가알이 남쪽으로 오는 게 이리 늦어지겠습니까? 무엇에 가로막혔기에? 그들이 전에도 추수 때까지 기다린 적이 있었나요?"

월드가 말했다.

"누가 알겠느냐? 지난해 그들은 눈별이 뜨기 한참 전에 왔던 걸로 기억한다. 하지만 그 전 해에 어땠는지야 누가 기억하리?"

다른 손자가 말했다.

"어쩌면 산길을 따라 내려와 아스카테바는 아예 통과하지 않을는지도 모르지요."

그러자 우막수만이 날카롭게 대꾸했다.

"전령은 가알이 틀로크나를 덮쳤다고 말했고, 틀로크나는 해변 길에서 테바 바로 북쪽에 있어. 왜 우리가 이 소식을 믿지 않아야 합니까? 왜 행동을 지체해야 하난 말입니다."

"겨울에 전쟁을 벌이는 사람은 봄까지 살지 못하기 때문이지."

월드가 으르렁거리며 답했다.

"하지만 그들이 온다면……."

"그들이 온다면, 우리는 싸울 것이다."

잠시 침묵이 흘렀다. 아가트는 잠시 동안 아무도 쳐다보지 않고 검은 눈을 인간처럼 내리깔고 있었다.

우크웨트는 승리감을 만끽하며 야유 조로 말했다.

"사람들 말로 외인은 강력한 힘을 지녔다더군요. 저야 여름 초지에서 태어나 이번 월기 전에는 외인과 함께 앉아 식사를 하는 것은 고사하고 한번 본 적도 없으니 그에 대해서 아는 바는 없습니다. 하지만 외인이 마법사이고 정녕 그런 힘을 지녔다면 왜 가알과 싸우는 데 우리 힘이 필요하지요?"

"네 말은 듣지 않겠다!"

월드는 시뻘겋게 달아오른 얼굴에 눈물을 흘리며 벽력같이 외쳤다. 우크웨트는 제 얼굴을 때렸다. 천막에 든 손님에게 저지른 이 무례, 그리고 양쪽 모두와 말다툼을 벌이기에 이른 스스로의 우유부단함과 혼란에 화가 난 월드는 얼굴을 감추고 있는 젊은이를 불타는 눈으로 노려보며 앉아 거친 숨을 몰아쉬었다.

"내가 말한다."

월드는 마침내 다시 입을 열었다. 그의 목소리는 여전히 크고 장중했으며, 약간이나마 나이로 인한 쉰 느낌이 걷혀 있었다.

"내가 말한다. 들어라! 전령들은 남하하는 가알과 마주칠 때까지 해안 길을 따라 올라갈 것이다. 그리고 이틀의 거리를 두고 전사들이 따라갈 것이다. 우리 영역 경계 너머까지는 아니지만, 봄 중엽과 여름 휴경기 사이에 태어난 남자는 모두 갈 것이야. 가알이 군대를 몰고 온다면 전사들이 그들을 동쪽 산맥으로 몰아붙일 것이다. 그러지 못할 경우에는 테 바로 돌아올 것이고."

우막수만이 큰 소리로 웃으며 말했다.

"최고 연장자님, 역시 당신 외에 저희를 이끌 분은 없습니다!"

월드는 으르렁거리고 트림을 한 다음 주저앉아 뚱한 말투로 우막수만에게 말했다.

"허나 전사들을 이끄는 것은 너다."

한동안 말이 없던 아가트는 평소처럼 차분히 말했다.

"우리 쪽은 남자 350명을 보낼 수 있습니다. 옛 해변 도로로 올라가 아스카테바 경계선에서 그쪽과 합류하지요."

그는 일어서서 손을 뻗었다. 이런 약속까지 해버린 데 기분이 나빠진 데다가 아직도 스스로의 감정에 흔들리고 있는 월드는 아가트를 무시했다. 우막수만이 즉각 일어나서 외인에게 손을 내밀었다. 그들은 잠시 동안 불빛을 받으며 낮과 밤처럼 서 있었다. 아가트는 그림자처럼 어둡고 음울했으며, 우막수만의 흰 살결과 밝은 색 눈은 환하게 빛났다.

결정은 내려졌고 월드는 이 결정을 다른 이들에게도 밀어붙일 수 있음을 알고 있었다. 그는 또한 이것이 그가 내리게 될 마지막 결정이라는 것도 알았다. 그들을 전쟁터로 내보낼 수는 있겠지만, 우막수만은 전사들의 지도자로서 돌아올 것이고, 그렇게 되면 아스카테바 사람들 사이에서 가장 강력한 지도자가 될 것이다. 월드의 행동은 권좌에서 물러나겠다는 신호나 다름없었다. 우막수만이 젊은 족장이 될 것이다. 그가 돌두드림의 원을 닫을 것이며 겨울에는 사냥꾼들을, 봄에는 약탈을, 여름에는 긴긴 날의 방랑을 이끌 것이다. 이제 막 그의 시대가 시작되었다……

월드는 모두에게 말했다.

"움직여라. 우만수만, 내일 돌두드림을 소집해라. 샤먼에게 피가 도는 튼실한 한을 한 마리 매어두라 일러라."

그는 아가트에게 말을 걸지 않았다. 그들은 나갔다. 키 큰 젊은이들 모두가. 월드는 불 곁에 뻣뻣한 허벅지를 대고 웅크려 앉아 노란 불길 속을 들여다보았다. 흡사 잃어버린 광휘, 이제는 돌이킬 수 없는 여름의 온기를 들여다보듯……

5 숲 속의 황혼

외인은 우막수만의 천막을 나와서 잠시 동안 젊은 족장과 이야기를 나누었다. 둘 다 살을 에는 잿빛 바람에 가늘게 뜬 눈으로 북쪽을 바라보았다. 아가트는 산맥에 대해 이야기하는 듯 뻗은 손을 움직였다. 롤레리가 도시 정문으로 이어지는 오솔길에 서서 지켜보는 동안 돌풍이 아가트의 말을 한두 마디 앗아갔다. 그가 말하는 목소리를 듣고 있노라니 몸이 부르르 떨렸고, 두려움과 어둠이 핏속을 달리며 그녀의 마음속으로, 살갗 안쪽으로 말을 걸어 부르던 목소리가 떠올랐다.

그 뒤로 숲 속 오솔길에서 돌아서며 따귀라도 때리듯 거칠게 가버리라고, 꺼지라고 말하던 기억이 일그러진 메아리처럼 따라붙었다.

그녀는 느닷없이 들고 있던 바구니를 내려놓았다. 그들은 오늘 그녀가 유목기의 어린 시절을 보낸 붉은 천막에서 빽빽한 뾰족 지붕과 땅속 홀과 굴과 복도로 이루어진 겨울 도시로 옮겨 가는 중이었고, 사촌자매들과 숙모들과 조카딸들은 모두 재잘거리며 부산스레 모피와 상자와 주머니와 바구니와 그릇들을 들고 통로를 오르내리고 천막과 성문 안팎을 들락거렸다. 그녀는 통로 옆에 한 아름의 짐을 내려놓고 숲 쪽으로 걸어갔다.

"롤레리! 로올레리!"

그 날카로운 목소리는 끝없이 쫓아오며 등 뒤에서 그녀를 비난하고, 부르고, 책망했다. 그녀는 돌아보지 않고 앞으로만 걸었다. 숲에 들어서서는 바로 뛰기 시작했다. 그녀는 바람 소리와 바람에 시달리는 나무들의 삐걱임이 사람의 목소리를 모두 삼켜버리고, 바람에 실려오는 희미하고 씁싸래한 나무 연기 냄새 말고는 캠프를 떠올리게 해줄 것이 아무것도 남지 않자 그제야 속도를 늦추었다.

이제 여기저기에 쓰러진 커다란 나무 둥치들이 길을 막았다. 타 넘거나 아래로 기어 지날 때마다 딱딱하게 굳은 죽은 가지들이 옷을 찢고 두건을 잡아챘다. 이런 바람 속에서 숲은 안전하지 않았다. 바로 지금도 저 너머 어디에선가 바람이 밀기도 전에 쓰러지는 나무의 우지직 소리를 들을 수 있었다. 그녀는 신경 쓰지 않았다. 잿빛 모래톱에 다시 내려가 꼼짝 않고 서서 30피트 높이의 물 벽이 거품을 일으키며 덮쳐오는 것을 지켜보는 기분이었다……. 그녀는 갑자기 몸을 움직였다가, 다시 걸음을 멈추고 어스름 속의 오솔길에 가만히 섰다.

바람이 불었고, 그쳤다가 다시 불었다. 잎 떨어진 나뭇가지들의 그물망 위로 음산한 하늘이 몸부림치며 내려왔다. 여기는 이미 꽤 어두웠다. 분노와 의지는 빠져나가고, 그녀는 겁먹은 마비 상태에서 어깨를 굽힌 채 바람을 맞고 서 있었다. 뭔가 하얀 것이 앞을 스치고 지나갔고, 그녀는 비명을 질렀지만 움직이지는 못했다. 다시 한 번 뭔가가 희끗하더니 부러진 나뭇가지 위에 멈췄다. 짐승인지 새인지, 아래 위가 모두 새하얗고 날개가 달린 것이 날카롭게 구부러진 부리를 벌렸다 다물면서 은색 눈으로 그녀를 노려보았다. 녀석은 네 개의 맨발톱으로 가지를 움켜쥔 채 그녀를 내려다보았고, 그녀도 꼼짝 않고 녀석을 쳐다보았다. 은색 눈은 깜박이지도 않았다. 갑자기 흰 날개가 사람 키보다 더 넓게 펴지더니 나뭇가지를 쳐서 부러뜨렸다. 그 동물은 흰 날개를 내리치며 새된 소리를 질렀고 돌풍이 부는 가운데 날아올라 나뭇가지와 소용돌이치는 구름들 사이로 무겁게 날아가 버렸다.

"폭풍새."

몇 미터 뒤 오솔길에 선 아가트가 말했다.

"저 새가 폭설을 부른다고들 하지요."

그 거대한 은빛 생물 때문에 머리가 하나도 돌지 않았다. 종족 특유의 강렬한 감정에 눈물까지 솟구쳐 잠시 동안 앞이 보이지 않을 정도였다. 그녀는 원래 그의 앞에 서서 그를 비웃고, 조롱하고, 테바 사람들이 무시할 때에도 건방지게 구는 태도 아래에 숨겨진 분노를 끄집어내고, 그를 있는 그대로의 저급한 존재로 취급할 작정이었다. 하지만 흰 폭풍새에 겁먹은 그녀는 그 새를 보았을 때처럼 그를 똑바로 쳐다보며 소리치고 말았다.

"난 당신이 싫어. 당신은 인간이 아냐. 당신이 싫다고!"

눈물이 멎자 그녀는 눈길을 돌렸다. 그들은 둘 다 아무 말도 없이 한참을 서 있었다.

차분한 목소리가 말했다.

"롤레리, 날 봐요."

그녀는 그를 보지 않았다. 그는 앞으로 나섰고, 그녀는 울면서 뒷걸음질쳤다.

"건드리지 말아요!"

얼굴을 찌푸린 채, 폭풍새의 절규 같은 목소리로.

"진정해요. 자, 내 손 잡아요. 자!"

그는 도망치려는 그녀의 양 손목을 잡았다. 그들은 다시 꼼짝 않고 섰다.

"놔줘요."

그녀는 마침내 평소와 같은 목소리로 말했다. 그는 즉시 손을 놓았다. 그녀는 길게 한숨을 내쉬었다.

"당신이 말했죠. 내 안에서 말하는 소리를 들었어요. 모래톱 아래서요. 다시 그렇게 할 수 있어요?"

그는 말은 없었지만 주의 깊게 그녀를 지켜보고 있었다. 그는 고개를 끄덕였다.

"그래요. 하지만 다시는 그러지 않겠다고 말했지요."

"아직도 들려요. 당신 목소리가 느껴져요."

그녀는 귓가에 손을 갖다 댔다.

"압니다……. 미안해요. 당신을 불렀을 때엔 당신이 힐프라는……, 테바 사람이라는 걸 몰랐어요. 그건 규칙에 어긋납니다. 그리고 어쨌든 작용하지도 않았어야 했……."

"힐프가 뭐죠?"

"우린 당신들을 그렇게 불러요."

"스스로는 뭐라고 부르고요?"

"인간."

그녀는 주위에서 어슴푸레하게 삐걱이는 나무들, 회색 길, 소용돌이치는 구름 지붕을 둘러보았다. 움직이고 있는 잿빛 세상은 몹시 이상했

숲속의 황혼 59

지만, 그녀는 더 이상 겁을 먹지 않았다. 그의 손길, 진짜 그의 손을 느끼자 실체도 없이 집요하게 따라붙던 그의 존재감은 사라졌고 말을 나눌수록 마음이 가라앉았다. 그녀는 이제야 지난 밤낮을 반쯤 넋이 나간 채 보냈음을 깨달았다.

"당신들은 모두 그런……, 식으로 말할 줄 아나요?"

"다는 아니죠. 이건 배울 수 있는 기술입니다. 연습이 필요하지요. 이리 와서 잠시 앉아요. 힘들었을 텐데."

그는 언제나 가혹했지만 거기에도 한계는 있었고, 지금의 목소리에는 완전히 다른 무엇인가가 깃들어 있었다. 모래톱에서 그녀를 부를 때의 절박감이 한없이 억제된, 무의식적인 호소력으로 변한 것 같았다. 손을 뻗어오는 느낌. 그들은 오솔길에서 몇 야드 떨어져 쓰러진 바수크 나무 둥치에 걸터앉았다. 그녀는 그가 그녀의 종족 남자들과 얼마나 다르게 움직이고 다르게 앉는지 알 수 있었다. 단련된 몸도 전체적인 몸짓도 아주 약간이지만 동시에 완전히 낯설었다. 그녀는 특히 무릎 사이에 깍지 낀 그의 검은 손을 의식하고 있었다. 그는 말을 이었다.

"당신들도 원한다면 마음으로 말하는 방법을 배울 수 있어요. 하지만 절대 배우려 들지 않겠지요. 주술이라고 부르니까……. 우리 책에 따르면 우리들도 오래전, 로카난이라는 세계에서 다른 종족에게 이 기술을 배웠다고 합니다. 타고난 재능이기도 하지만 배울 수 있는 기술이기도 한 거죠."

"원한다면 내 마음을 들을 수 있는 건가요?"

"그건 금지되어 있어요."

그가 너무나 확고하게 잘라 말한 덕분에 그녀의 두려움도 사라졌다. 그녀는 갑자기 어린아이처럼 말했다.

"그 기술을 가르쳐줘요."

"겨울 내내 배워야 할걸요."

"가을 내내 배운 건가요?"

"거기에 여름까지 약간."

그는 희미하게 웃었다.

"힐프라는 건 무슨 뜻이죠?"

"우리의 옛말에서 온 단어예요. '고도 지성 생명체'라는 뜻이죠."

"다른 세계라는 건 뭐예요?"

"그건……. 다른 세계는 많이 있어요. 저 바깥에. 태양과 달 너머에."

"그럼 당신들은 정말로 하늘에서 떨어진 건가요? 무엇 때문에요? 어떻게 태양 뒤편에서 이 바닷가까지 왔어요?"

"듣고 싶다면 말해 주겠지만, 그건 그냥 옛날이야기가 아니에요, 롤레리. 우리도 이해할 수 없는 부분이 많긴 하지만 우리가 아는 우리 역사는 모두 사실입니다."

"듣겠어요."

그녀는 감명을 받기는 했지만 완전히 승복하지는 않은 채 의례에 쓰는 구절을 속삭였다.

"음, 별들 사이에 수많은 세계가 있었고, 그 세계에 많은 종류의 사람들이 살았어요. 그들은 세계와 세계 사이의 어둠 속을 항해할 수 있는 배를 만들었고, 그 배로 여행을 하고 물건을 거래하고 탐험을 했지요. 그들은 서로 동맹을 맺어 '연맹'을 만들었어요. 당신네 씨족들이 서로 뭉쳐 '영역'을 구성하는 것처럼. 하지만 모든 세계의 연맹에는 적이 있었어요. 아주 먼 곳에서 온 적이죠. 얼마나 먼지는 몰라요. 그 책은 우리보다 많은 것을 아는 사람들을 위해 씌어진 것이에요……."

그는 늘 말처럼 들리기는 하지만 아무 뜻이 없는 말들을 썼다. 롤레리는 배가 무엇일까, 책이란 무엇일까 궁금했다. 하지만 그는 엄숙하고 그리움이 담긴 말투로 이야기했고, 그녀도 푹 빠져서 그의 이야기에 귀를 기울였다.

"연맹은 오랫동안 적에 맞서 싸울 준비를 했어요. 더 강한 세계들은 더 약한 세계들을 도와 무장을 하고 대비를 하도록 했지요. 지금 우리가 가알에 맞서기 위해 준비하려는 것과 약간은 비슷할 겁니다. 마음듣기 역시 그들이 가르친 기술이었고, 책에 따르면 온 행성을 다 태우고 별들마저 폭파시킬 수 있는 불 무기들도 있었다고 해요……. 내 동족들은 그 시대에 고향 세계를 떠나 이곳으로 왔습니다. 그렇게 많은 수는 아니었어요. 그들은 당신네와 친구가 되고, 당신들이 연맹의 일원이 되고 싶어할지 아니면 적에게 붙으려 할지 알아내고자 했어요. 하지만 적이 왔어요. 내 동족들을 태워온 배는 전쟁을 돕기 위해 왔던 곳으로 돌아갔고, 우리 중 일부는…… 세계에서 세계로 말을 전할 수 있는 '멀리말하기'와 함께 배를 타고 떠났지요. 하지만 일부는 이곳에 남았어요. 적이 올 경우 이 세계를 돕기 위해서였을지도 모르고, 그저 돌아갈 수가 없어서였는지도 모르지요. 이유는 알 수 없어요. 기록에는 그저 배가 떠났다고만 하니까요. 도시 전체보다 더 긴 흰색 금속 창이 불의 깃털 위에 타고 있는 모습을 그린 그림도 있습니다. 내 생각에 조상들은 배가 금세 돌아올 줄 알았던 것 같아요……. 그게 10년 전의 일이죠."

"적과의 전쟁은 어떻게 됐어요?"

"모르지요. 우리는 배가 떠난 이후의 일은 전혀 알지 못합니다. 어떤 사람들은 전쟁에서 진 게 분명하다고 하고, 또 어떤 사람들은 이겼지만 너무 힘겨운 승리여서 전쟁이 계속되는 동안 이곳에 남겨져 있던 얼마

안 되는 사람은 잊어버린 것이라고 생각해요. 누가 알겠어요? 살아남는다면 언젠가 알게 되겠지요. 아무도 오지 않는다면 우리가 배를 만들어서 찾아 나설 것이고……."

그는 그리워하면서도 비아냥거리고 있었다. 롤레리는 이 엄청난 시공간의 심연과 이해할 수 없는 말들로 머리가 빙빙 돌았다. 그녀는 잠시 뒤에 말했다.

"힘들겠네요."

아가트는 놀란 듯 웃었다.

"아닙니다. 우리는 그 점에서 긍지를 찾지요. 힘든 것은 스스로가 속해 있지 않은 세계에서 계속 살아남는 거죠. 5년 전만 해도 우리는 엄청난 무리였어요. 헌데 지금 우리를 봐요."

"외인은 병이 들지 않는다던데요. 정말이에요?"

"그래요. 당신들의 질병에는 걸리지 않고, 우리 질병은 가져오지 않았지요. 하지만 알다시피 우리도 칼에 베이면 피를 흘려요……. 그리고 인간과 마찬가지로 나이를 먹고, 죽지요."

"그야 당연히 그렇겠죠."

그녀가 분개해서 말하자 그는 비아냥을 그만두었다.

"문제는 아이가 별로 태어나지 않는다는 겁니다. 많은 아이가 유산되거나 사산되어 버리고, 제대로 나는 아이는 너무 적어요."

"그 얘기는 전에 들었어요. 생각해 봤는데요, 당신들의 방식이 이상한 것 같아요. 당신들은 아무 때에나 아이를 갖잖아요. 심지어는 겨울 휴경기에도요. 왜 그러는 거죠?"

"어쩔 수 없어요. 원래 그렇게 생겨먹어서."

그는 그녀를 쳐다보며 다시 웃었지만, 롤레리는 진지했다.

숲속의 황혼

"난 적절치 않은 계절에 태어났어요. 여름 휴경기예요. 없는 일은 아니지만 드문 일이죠. 그리고 겨울이 끝나면 난 너무 나이가 많아서 봄의 아이를 가질 수 없을 거예요. 자식을 낳지 못할 거라고요. 얼마 안 있어 노인네 중에 누군가가 다섯 번째 아내쯤으로 받아들이겠지만, 겨울 휴경기는 시작되었고 봄이 오면 난 늙은이가 되어 있을 거예요……. 그러니까 아무것도 낳지 못하고 죽겠죠. 여자는 나처럼 철에 어긋나게 태어나느니 아예 태어나지 않는 편이 나아요……. 그런데 외인은 아내를 하나밖에 얻지 않는다는 것도 사실인가요?"

그는 고개를 끄덕였다. 어쨌든 그녀는 그가 으쓱이는 모습을 그렇게 받아들였다.

"세상에, 수가 주는 것도 당연하잖아요!"

그는 피식 웃었지만, 그녀는 강하게 주장했다.

"아내가 많아야 자식도 많은 법이에요. 당신이 테바 사람이었다면 벌써 아이가 다섯에서 열은 됐을걸요! 자식이 있나요?"

"아니요. 난 결혼하지 않았어요."

"설마 여자와 누워보지도 않은 건 아닐 텐데요!"

"그야 그렇지요."

그는 그렇게 대답하고 좀 더 고집스럽게 덧붙였다.

"물론이죠! 하지만 아이를 원한다면 우린 결혼을 해요."

"당신이 우리 중 하나였다면……."

"하지만 당신들 중 하나가 아니죠."

그의 말에 잠시 침묵이 이어졌다. 그는 마침내 부드럽게 말했다.

"차이란 태도나 관습 같은 것만으로 만들어지는 게 아니에요. 뭐가 잘못된 건지는 모르지만, 문제는 씨앗에 있습니다. 어떤 의사들은 이곳의 태양이 우리 종족이 태어난 곳의 태양과 다르기 때문에 그 영향으로 조금씩 씨앗이 변화하는 게 문제라고 생각했지요. 그리고 그 변화가 우리를 죽이는 겁니다."

다시 한 번 두 사람 사이에 침묵이 내려앉았다.

"다른 세계는 어떻죠? 당신의 고향은요?"

"그곳이 어땠는지를 이야기해 주는 노래들이 있지요."

그는 그렇게 대답했지만, 그녀가 머뭇거리며 어떤 노래인지 묻자 대답하지 않았다. 그는 잠시 사이를 두고 말했다.

"고향 세계는 태양에 좀 더 가까웠고, 일 년의 길이가 월기 한 번만큼밖에 안 됐어요. 책에서는 그렇게 말하지요. 생각해 봐요. 겨울을 다 합쳐서 90일밖에 안 된다면 어떨지······."

이 말에 둘 다 웃음을 터뜨렸다.

롤레리는 말했다.

"불 피울 시간도 없겠는걸요."

숲의 어스름 속으로 진짜 어둠이 스며들었다. 앞에 뻗은 오솔길은 나무들 사이로 가늘고 흐릿하게 달리며 왼쪽으로는 그녀의 도시로, 오른쪽으로는 그의 도시로 이어졌다. 두 도시 사이에 있는 이곳에는 바람과 어스름, 고독뿐이었다. 빠른 속도로 밤이 내리고 있었다. 밤과 겨울과 전쟁. 죽음의 시기.

그녀는 아주 낮은 소리로 말했다.

"난 겨울이 무서워요."

"모두가 그렇지요. 겨울이 어떤 것일지······? 우리는 이제까지 햇살만 알고 살았으니까요."

동족들 중에는 롤레리의 겁 없고 무심한 고독을 깨뜨린 사람이 없었다. 같은 또래의 친구가 없을뿐더러 일부러라도 그녀는 늘 혼자였고 혼자만의 길을 갔으며 다른 사람에게는 거의 신경 쓰지 않았다. 하지만 세상이 잿빛으로 변하고 아무것도 죽음 외에 다른 것을 약속해 주지 못하는 지금, 처음으로 두려움이라는 것을 느끼게 된 지금, 그녀는 바다 위 탑바위 근처에 서 있던 검은 그림자를 만났고 피 속으로 이야기하는 목소리를 들었다.

그는 물었다.

"왜 날 보지 않으려는 거죠?"

"볼 거예요. 당신이 원한다면."

하지만 그녀는 그를 보지 않았다. 그림자 같은 그의 묘한 눈길이 그녀를 향하고 있다는 것은 알고 있었지만. 그녀는 마침내 손을 내밀었고, 그는 그 손을 잡았다.

"당신 눈은 금빛이군요. 나는…… 나는 꼭……. 하지만 사람들이 우리가 함께 있는 걸 본다면……."

"당신 동족들요?"

"당신 동족들. 내 동족들은 그런 일에 신경 쓰지 않아요."

"그리고 내 동족들은 굳이 알 필요가 없죠."

둘 다 속삭이듯 작게, 그러면서도 주저 없이 빠르게 말했다.

"롤레리, 두 밤이 지나면 난 북쪽으로 떠나요."

"알아요."

"내가 돌아오면……."

"하지만 돌아오지 못하면요!"

여인은 가을이 끝나면서 찾아온 압박과 추위에 대한, 죽음에 대한 두려움 속에서 외쳤다. 그는 조용히 그녀를 끌어당기며 돌아올 것이라고 말했다. 그가 말하는 동안 그녀는 그의 심장이 두근거리는 것을 느꼈고, 그녀의 심장도 두근거렸다.

"당신과 같이 있고 싶어요."

"당신과 같이 있고 싶어요."

두 사람은 거의 동시에 말했다.

주위는 깜깜했다. 그들은 몸을 일으켜 천천히 잿빛 어둠 속을 걸었다. 그녀는 그와 함께, 그의 도시 쪽으로 향했다.

"어디로 갈 수 있을까요?"

그는 씁쓸하게 웃으며 말했다.

"이건 여름의 사랑과는 달라요……. 산마루 아래에 사냥 오두막이 하나 있긴 하지만……. 테바에서 당신을 찾을 텐데요."

"아니. 그들은 날 찾지 않아요."

그녀는 가만히 속삭였다.

숲속의 황혼 67

6 눈

선발 주자들은 이미 떠났다. 내일이면 아스카테바 사람들은 그들의 영역을 둘로 나누는 넓고 막막한 길을 따라 북쪽으로 올라갈 것이고, 그보다 좀 수가 적은 랜딘 사람들은 오래된 해안 길을 행진할 것이다. 아가트와 마찬가지로 우막수만 역시 전투 직전까지 두 부대를 떨어뜨려놓는 것이 최선이라고 판단했다. 그들은 월드의 권위에만 의지한 동맹군이었다. 우막수만의 부하 가운데 많은 이들이 계절에 어긋나는 전쟁을 수행하는 것을 꺼렸다. 겨울 평화기 전에는 자주 습격과 약탈에 나섰던 베테랑들까지도. 그리고 우막수만의 혈족을 포함하여 많은 파벌이 외인과의 동맹을 혐오한 나머지 언제든 말썽을 일으킬 태세였다. 우크웨트를 비롯한 몇 명은 가알을 끝장내면 바로 주술사들을 없애버리겠노라 으름장을 놓고 다녔다. 아가트는 이기기만 하면 그들의 편견도 줄어들 것이고, 질 경우에는 편견이고 뭐고 끝이라고 내다보았기에 이런 이들에게 신경 쓰지 않았다. 하지만 그렇게 멀리까지 내다보지 않는 우막수만은 걱정

스러워했다.

"우리 정찰병들은 내내 당신들 가까이에 있을 거요. 어쨌든 가알이 경계선에서 우리를 기다린다는 보장은 없으니 말이오."

"바위산 아래 긴 계곡이 좋은 전투지가 될 거요."

우막수만은 섬광같이 미소를 번득이며 말했다.

"행운을 비오, 알테라!"

"행운을 비오, 우막수만."

그들은 겨울 도시의 진흙 바른 돌 대문 밑에서 친구 사이처럼 헤어졌다. 아가트가 돌아서는데 아치 문 위 음울한 하늘에서 뭔가가 나풀나풀 흔들리며 떨어져 내렸다. 그는 놀란 눈으로 하늘을 쳐다보다가 되돌아섰다.

"저걸 좀 봐요."

원주민은 벽 안에서 나와 아가트 옆에 서서 노인들의 이야기 속에서나 듣던 물체를 처음으로 보았다. 아가트는 손바닥을 위로 하여 공중에 뻗었다. 나부끼던 흰 얼룩이 그의 손목을 건드리고는 사라졌다. 낮게 깔린 하늘에서 마구잡이로 눈가루가 떨어지며 바람도 잦아든 허공에서 빙빙 돌기도 하고 옆으로 미끄러지기도 하는 동안 추수가 끝난 밭과 풀을 다 뜯어낸 초지, 개울과 어두운 숲 입구와 더 멀리 남쪽 서쪽으로 이어지는 구릉 지대까지 길쭉한 계곡 전체가 희미하게 몸을 떨며 움츠러드는 것 같았다.

뒤쪽 높고 뾰족한 나무 지붕들 사이에서 흥분한 아이들의 목소리가 들렸다.

우막수만은 한참 뒤에 꿈꾸듯 말했다.

"눈이라는 건 생각보다 작군요."

"나는 좀 더 차가울 줄 알았어요. 오히려 전보다 공기가 따뜻해진 것 같군요……."

아가트는 불길하면서도 매혹적으로 휘날리는 눈 자락에서 눈을 떼고 다시 말했다.

"북쪽에서 만납시다."

그는 모피 옷깃을 당겨 작은 눈송이의 탐색하는 듯 기묘한 손길로부터 목을 감싸고 랜딘으로 이어지는 길에 발을 내딛었다.

숲 속으로 반 킬로미터 정도 들어가자 사냥 오두막으로 이어지는 알아보기 힘든 샛길이 보였고, 그 길로 들어서자 혈관에 피가 아니라 액체가 된 빛이 흐르는 것 같았다.

"진정, 진정해."

그는 매번 자제력을 잃어버리는 스스로에게 초조함을 느끼며 혼잣말로 타일렀다. 그는 모든 일을 처리하는 사이사이 계속 오늘의 일을 생각하고 있었다. 아니, 오늘이 아니라 어젯밤……, 어젯밤이었지……. 좋아. 그건 그거고, 더 이상 대단할 것도 없다. 결국 그녀는 힐프이고 그는 인간이며 그러므로 이 일에 아무런 미래가 없다는 사실을 제쳐놓더라도 이건 모든 면에서 어리석은 짓이었다. 그는 밀물이 밀려오는 검은 계단 위에서 그녀의 얼굴을 본 후로 줄곧 첫사랑에 빠진 소년처럼 그녀를 생각하고 그리워했다. 그리고 그는 청소년기의 통제할 수 없는 열정이 지닌 어찌할 수 없는 어리석음이 싫었다. 분별없이 위험을 짊어지고, 진정 중요한 일을 위태롭게 하면서까지 욕정을 채우며, 행동에 대한 통제력을 잃어버리는 열정. 그러니까 그가 어젯밤 그녀와 함께 있었던 것은 통제력을 유지하기 위해서였다. 부딪쳐서 극복하는 것이야말로 분별 있는 행동이다. 그는 듬성듬성 눈발이 휘날리는 가운데 머리를 높이 들고 걸음을 재촉하며 스스로에게 다시 한 번 되뇌었다. 오늘 밤 같은 이유로 그녀를 다시 만난다. 그 생각을 하니 몸과 마음에 따뜻한 빛의 홍수가 넘치고 어릿한 즐거움이 달렸다. 그는 그 느낌을 무시해 버렸다. 내일이면 그는 북쪽으로 떠날 것이고, 무사히 돌아온다면 그녀에게 더 이상 이런 밤은 있을 수 없으며, 숲 한가운데 오두막에서 그의 모피 망토 위에 함께 누워 별빛을 올려다보며 추위와 정적을 두르는 일은 더 이상 없다는 것을 설명해 줄 시간이 있을 것이다……. 더 이상은, 더 이상은 없다는 것을……. 그녀가 선사한 순수하고 절대적인 기쁨이 밀물처럼 밀려 올라와 모든 생각을 잠재웠다. 그는 더 이상 스스로에게 아무 말도 하지 않았다. 그저 어두워가는 숲 속을 긴 다리로 성큼성큼 걸어갈 뿐이었다. 그리고 그는 걸으면서 저도 모르게 유배된 그들 종족의 옛 사랑 노래를 흥얼거리고 있었다.

　드문드문 눈발이 나뭇가지 사이를 뚫고 떨어졌다. 그가 길이 갈라지는 곳으로 다가가면서 정말 일찍부터 어두워진다고 생각한 순간, 무엇인가가 걷고 있는 그의 발목을 잡아채어 앞으로 고꾸라뜨렸다. 손으로 땅을 짚으며 반쯤 몸을 일으키는데 왼쪽 그늘 속에서 어스름 속에 은백색으로 보이는 사람 그림자가 튀어나오더니 완전히 일어서기 전에 그를 때려눕혔다. 아가트는 귀가 징징 울리는 혼란 속에서 그를 붙잡고 있는 것에서 벗어나 다시 일어서려 발버둥쳤다. 방향을 잃은 듯했다. 전에도 겪은 일 같으면서도 정말로 일어나는 일 같지 않았고 정확히 무슨 일이 벌어지는 것인지 이해가 가질 않았다. 다리와 팔에 그림자가 진 은빛 남자들이 몇 명 더 나타났고, 그들이 아가트의 팔을 붙잡자 다른 사람이 와서 그의 입가를 후려쳤다. 고통스러웠다. 어둠 속이 고통과 분노로 가득 찼다. 그는 격렬하고 교묘하게 온몸을 떨어 은빛 남자들에게서 벗어났고, 주먹으로 한 놈의 턱 아래를 쳐서 무대 뒤편으로 보내버렸다. 하지만 상대는 늘어나기만 했고 두 번째로 잡혔을 때엔 벗어날 수가 없었다. 그들은 그를 두들겨 팼고 그가 진흙 땅에 쓰러져 팔로 얼굴을 가리자 옆구리를 걷어찼다. 그는 고맙게도 아무 해를 끼치지 않는 진흙에 얼굴을 묻고 몸을 숨기려 했다. 이상한 숨소리가 들렸다. 시끄러운 소리 사이로 우막수만의 목소리도 들렸다. 우막수만마저……. 하지만 그들이 그를 놓아두고 떠나주기만 한다면 아무래도 상관없었다. 정말 이른 시간부터 날이 어두워졌다.

캄캄했다. 칠흑 같은 어둠이었다. 그는 앞쪽으로 기어가려 했다. 그를 도와줄 동족들이 있는 집으로 가고 싶었다. 너무 어두워서 자신의 손도 보이지 않았다. 깜깜한 어둠 속에서 그와 주변 진흙과 낙엽 더미 위로 소리 없이 보이지 않는 눈이 내렸다. 집에 가고 싶었다. 몹시 추웠다. 일어서 보려 했지만 동서남북을 알 수 없었고, 그는 고통을 이기지 못하고 팔 위에 머리를 떨어뜨렸다.

"내게 와줘."

그는 알테라의 능력을 써서 마음으로 부르려 했지만 어둠 속에서 그렇게 멀리까지 메시지를 보내기는 어려웠다. 그냥 여기에 가만히 누워 있는 편이 쉬웠다. 그 이상 쉬운 일이 없을 것 같았다.

랜딘의 높은 돌집 안, 화톳불 옆에서 책을 보던 알라 파스팔은 갑자기 고개를 들었다. 자콥 아가트가 메시지를 보내고 있다는 느낌은 강하게 들었는데, 정작 전해지는 것은 없었다. 이상한 일이었다. 마음으로 말하는 기술에는 기묘한 부작용과 후유증, 이해할 수 없는 현상들이 너무나 많이 연관되어 있었다. 이곳 랜딘에서는 많은 사람이 아예 그 기술을 배우지 않았고, 배운 사람도 극히 드문 경우에만 사용했다. 북쪽 아틀란티카 거류지에서는 좀 더 자유롭게 마음으로 말을 나누었다. 그녀는 아틀란티카 난민 출신이었고 어린 시절의 끔찍한 겨울 동안 내내 다른 사람들과 마음으로 소통했던 것을 기억하고 있었다. 그리고 기근으로 어머니와 아버지가 돌아가신 후 온 월기 내내 그녀는 거듭거듭 그분들이 메시지를 보내는 듯한 느낌을 받고, 마음속에 그분들의 존재를 느끼곤 했다. 하지만 메시지는 전해지지 않았고, 아무 말도 들리지 않았다. 정적뿐이었다.

"자콥!"

강하고 길게 그를 불러 보았으나 답은 돌아오지 않았다.

같은 순간, 병기고에서 원정대에게 보급할 물품을 다시 한 번 점검하던 후루 필롯손은 온종일 그를 괴롭히던 꺼림칙한 기분에 꺾여 폭발하고 말았다.

"도대체 아가트 녀석은 자기가 뭘 하고 있다고 생각하는 거야!"

병기고를 지키는 청년 하나가 말했다.

"정말 늦는데요. 테바에 또 간 건가요?"

"그 허여멀건한 놈들과 관계를 돈독히 하러 갔지."

필롯손은 서글프게 웃으며 말하고 얼굴을 찌푸렸다.

"좋아. 자, 파카 상태는 어떤지 보자고."

같은 순간, 상앗빛 공단 같은 나무판자를 덧댄 방 안에서 세이코 에스밋이 소리 없이 울음을 터뜨린 찰나였다. 그녀는 손을 비틀며 그에게 메시지를 보내지 않으려고, 그에게 마음으로 말을 걸지 않으려고, "자콥!"이라는 외침마저 속삭이지 않으려 애쓰고 있었다.

그리고 같은 순간 롤레리의 마음은 잠시 동안 캄캄해졌다. 그녀는 꼼짝 않고 앉은 자리에서 몸을 움츠렸다.

사냥 오두막 안이었다. 그녀는 천막에서 황무지 같은 도시 안의 혈족 거주지 안으로 옮겨 가는 혼란 탓에 사람들이 어젯밤 그녀가 없었고 아주 늦게 돌아갔다는 사실을 눈치 채지 못했으리라 생각했다. 하지만 오늘은 달랐다. 질서가 다시 잡힌 이상 그녀가 나오는 모습도 눈에 띌 것이었다. 그래서 그녀는 아무도 크게 신경 쓰지 않을 것이라 믿고 종종 그랬듯이 환한 대낮에 나와 빙 둘러서 오두막으로 향했으며, 모피를 두르고 엎드려 어스름이 깔리고 그가 오기만을 기다렸다. 기다리던 중에 눈이 내리기 시작했다. 눈을 보고 있으니 졸음이 왔다. 그녀는 눈을 보고 졸린 와중에서도 내일은 어떻게 할지 생각했다. 내일이면 그는 떠날 것이고 혈족 모두가 그녀가 밤새 밖에 있었던 것을 알겠지. 그것은 내일의 일이었다. 될 대로 되라지. 오늘 밤은 오늘 밤이고……. 그리고 그녀는 깜박 졸다가 갑자기 소스라치게 놀라 깨어났고, 깜깜하고 텅 빈 마음으로 잠시 동안 그곳에 웅크리고 앉아 있었다.

그리고 그녀는 서둘러 일어서서 부싯돌과 부싯깃 통으로 오두막에 들고 온 바구니 등에 불을 붙였다. 그리고 그 작은 불빛에 의지해서 비탈길을 내려갔고, 오솔길이 나오자 머뭇거리다 서쪽으로 방향을 틀었다. 그녀는 한 번인가 걸음을 멈추고 속삭였다. "알테라……." 한밤의 숲은 고요하기만 했다. 그녀는 길에 쓰러진 그를 찾아낼 때까지 걸어갔다.

이제 한창 퍼붓기 시작한 눈이 희미하고 작은 등불 빛을 가로질러 떨어졌다. 이제는 눈이 내려앉아 녹는 대신 땅에 달라붙었고, 그의 찢어진 외투와 머리카락에까지 흰 가루가 되어 붙어 있었다. 제일 먼저 만져본 손이 차갑기만 해서 그녀는 그가 죽은 줄 알았다. 그녀는 눈이 덮이기 시작한 축축한 진흙에 주저앉아 무릎 위에 그의 머리를 올렸.

그가 몸을 움직이며 신음소리를 내자 롤레리는 그제야 정신을 차렸다. 그녀는 바보같이 계속 그의 머리카락과 옷깃에서 눈가루를 털어내던 손을 멈추고 잠시 동안 정신을 모았다. 그런 다음 조심스레 그를 눕히고 일어서서 기계적으로 손에 묻은 끈적한 피를 닦아냈으며, 뭔가를 찾아 길옆에 불을 비추었다. 그녀는 곧 원하던 물건을 찾아 작업에 착수했다.

 부드럽고 약한 햇살이 방 안으로 비스듬히 떨어졌다. 그렇게 따뜻한 곳에서 깨어나기는 힘든 일이어서 그는 자꾸만 잠의 바다로, 파도라고는 치지 않는 깊은 호수 속으로 미끄러졌다. 하지만 잠에 빠질 때마다 거듭하여 햇빛이 그를 깨웠다. 마침내 그는 잠에서 깨어나 주위를 감싼 높은 회색 벽과 유리창으로 들어오는 비스듬한 햇살을 보았다.
 그가 가만히 누워 있는 동안 물기 어린 금빛 햇살은 스러졌다가 되돌아와, 점점 붉은색을 띠면서 높아지며 바닥을 미끄러지다 저쪽 벽에 고였다. 알라 파스팔이 들어오더니 그가 깬 것을 보고 뒤에 선 누군가에게 밖에 있으라는 신호를 보냈다. 그녀는 문을 닫고 그의 곁에 무릎 꿇었다. 알테라의 집에는 가구가 거의 없었다. 그들은 카펫이 깔린 바닥에 요를 깔고 잤으며 얇은 방석을 깔고 앉았다. 그러므로 알라는 방석에 무릎을 꿇고 앉아서 아가트를 내려다보았다. 아가트의 검고 초췌한 얼굴이 불그스름한 햇살을 받아 또렷하게 보였다. 그러나 그를 보는 알라의 얼굴에 연민의 표정은 없었다. 그녀는 너무 어린 나이에 너무 많은 일을 겪은 나머지 마음속 깊은 곳에서부터 동정심과 거리낌을 불러일으킬 수가 없었고, 나이가 들어서는 아예 연민이라는 감정을 상실했다. 그녀는 가만히 고개를 가로저으며 부드럽게 말했다.
 "자콥……, 무슨 짓을 한 거지?"

대답을 하려 들자 머리가 아팠다. 자콥은 제대로 대답을 하지 못한 채 입을 다물었다.

"대체 무슨 짓을 한 거야?"

"내가 어떻게 집에 왔죠?"

그는 마침내 뭉개진 입으로 힘겹게 질문을 던졌고, 알라는 손을 들어 그의 말을 막았다.

"어떻게 여기까지 왔느냐, 그렇게 물었냐? 그 여자가 데려왔지. 그 힐프 여인이 말이야. 나뭇가지와 털가죽 옷으로 운반 용구 같은 것을 만들어서 자네를 굴려 넣고 산마루를 넘어 육지 쪽 성문까지 끌고 왔다네. 눈 내리는 밤에 말이야. 짧은 바지밖에 걸치지 않았더군. 웃옷을 찢어서 자넬 묶었어. 힐프들은 자기들이 걸친 가죽보다 질겨. 그 여자는 눈이 쌓여 있어서 끌고 오기가 쉬웠다고 말했다네……. 이제는 눈이 남아 있지 않아. 그저께 밤의 일이었지. 자넨 정말 푹 쉰 셈이야."

알라는 근처 쟁반에 놓인 주전자에서 물을 한 잔 따라주고 그가 물을 마시도록 도와주었다. 바싹 다가선 그녀의 얼굴은 너무나 늙어 보였고, 세월에 닳아 부서질 듯했다. 그녀는 믿을 수 없다는 듯 마음으로 말했다.

'어떻게 네가 이런 짓을 할 수가? 넌 언제나 자긍심 강한 남자였잖아, 자콥!'

그는 같은 방식으로, 언어를 쓰지 않고 대답했다. 그가 짜낸 말은 이것뿐이었다.

'그녀 없이는 살 수 없어요.'

늙은 여인은 그의 열정을 느끼자 물리적으로 얼굴을 찌푸렸고, 스스로를 방어하듯 큰 소리로 말했다.

"하지만 사랑 놀음을 벌일 때가 따로 있지! 모두가 자네에게 기대고 있는데……."

 그는 다시 한 번 아까의 말을 되풀이했다. 그게 사실이었고 그것밖에 할 말이 없었으므로. 그녀는 냉혹하게 대꾸했다.

 '하지만 결혼할 게 아닌 이상 그녀 없이 살아가는 법을 배우는 게 좋을 걸.'

 그는 그저 한마디밖에 하지 않았다.

 '싫습니다.'

 그녀는 당황해서 물러섰다. 잠시 후 다시 열린 그녀의 마음에는 깊디 깊은 슬픔이 깃들어 있었다.

 '그래, 마음대로 하라지. 달라질 게 뭐 있을까. 지금 우리가, 한 사람이든 모두든 무슨 잘못을 저지른다 해도 뭐가 달라지겠어. 어차피 옳은 일, 운 좋은 일 같은 것은 할 수 없는데. 오로지 조금씩 조금씩, 차례차례 자살을 감행해 나갈 뿐……. 모두 사라질 때까지, 알테라가 모두 죽고, 유배자들 모두가 죽을 때까지…….'

 그녀의 절망에 흔들린 그는 큰 소리로 말했다.

 "알라. 그, 그들은 갔……?"

 그녀는 신랄하게 되물었다.

 "누구 말이지? 우리 군대? 그들이 어제 북으로 떠났느냐고? 자네도 없이?"

 "필롯손이……."

 "필롯손이 군대를 끌고 어디론가 갔다면 테바를 공격하러나 갔겠지. 자네의 복수를 위해서 말이야. 그는 어제 분노에 미쳐 날뛰었어."

 "그럼 그들은……?"

 "힐프들? 아니, 물론 그들도 가지 않았지. 월드의 딸이 숲으로 달려가서 외인과 잤다는 사실이 알려지자 월드의 파벌은 비웃음과 의혹만 사게 됐어. 알겠나? 물론 일이 벌어진 뒤에 알기야 쉽지. 하지만 내가 보기엔……."

"제발, 알라."

"좋아. 아무도 북으로 가지 않았어. 우린 여기에 앉아서 가알이 저들 좋을 때 도착하기만 기다리고 있지."

자콥 아가트는 허공 속으로 거꾸로 떨어질 것 같은 정신을 수습하려 애쓰며 꼼짝 않고 누워 있었다. 자긍심이 있던 자리에 텅 빈 허공과 심연만이 남았다. 그의 모든 행동을 지탱해 주던 자기기만적 오만이, 거짓이 걷혀버렸다. 그가 무너지는 것은 상관없었다. 하지만 그가 배신한 동족들은 어떻게 하나?

잠시 후 알라가 마음으로 말했다.

'자콥, 어차피 희망은 별로 없었어. 자넨 할 만큼 한 거야. 인간과 비인간은 같이 일할 수 없어. 고향 햇수로 600년 동안 실패했으니 알 만하지. 자네의 어리석은 행동은 그들에게 핑계가 되어준 것뿐이야. 그 일로 등을 돌리지 않았더라도 금세 다른 핑계를 찾아냈을 거야. 그들이나 가알이나 우리의 적이긴 마찬가지. 겨울도, 우리를 원하지 않는 이 행성의 나머지 모든 것들도 적이지. 우리 스스로가 아니면 동맹자 따위는 찾을 수 없어. 스스로의 힘으로 해내야 해. 이 세계에 속한 그 어떤 생물에게도 손 내밀지 말고……'

그는 막바지에 다다른 그녀의 절망을 견디지 못하고 마음을 닫았다. 그는 스스로의 안에 틀어박혀 누워 있으려 했지만, 뭔가 걱정거리가 떠올라 의식을 끌어당기는 것 같더니 갑자기 확 정신이 들었다. 그는 일어나 앉으려 애쓰며 더듬거렸다.

"그녀는 어디 있죠? 설마 돌려보내지는……."

알라가 있던 자리보다 조금 먼 곳에 흰색 알테라 의복을 걸친 롤레리가 책상다리를 하고 앉아 있었다. 알라는 나가고 없었다. 롤레리는 샌들을 고치는 데 열중해 있는 것 같았다. 그가 말을 한 것도 알아차리지 못한 듯했다. 어쩌면 꿈속에서 말했는지도 모른다……. 하지만 그녀는 이윽고 쾌활한 목소리로 말했다.

"그 노인이 당신을 당황스럽게 했나 봐요. 기다릴 수도 있었을 텐데. 지금 당신이 할 수 있는 일이 뭐가 있다고. 그 사람들은 당신 없이는 여섯 걸음도 걸을 줄 모르는 것 같아요."

마지막 붉은 햇빛이 그녀 뒤에 맺혀 흐릿한 후광처럼 보였다. 그녀는 늘 그렇듯 눈을 내리깔고 차분한 얼굴로 앉아 신발 고치기에 열중해 있었다.

그녀의 존재로 인해 죄책감과 고통은 가벼워지고, 그에 대한 대가만이 자기 몫을 주장하고 나섰다. 그녀와 함께 있음으로써 그는 스스로를 되찾았다. 그는 큰 소리로 그녀의 이름을 불렀다.

"아, 이제 자도록 해요. 말을 하면 안 좋아요."

그녀는 수줍게 웃으며 말했다. 그는 물었다.

"남아 있을 거죠?"

"그래요."

"내 아내로서."

그는 그 보잘것없는 절차에 대한 절실함과 아픈 마음에 움츠러들면서도 확고하게 말했다. 그는 그녀가 동족들에게 돌아가면 살해당할 것이라 생각했다. 그렇다고 그의 동족들이 그녀에게 어찌 대할지 확신도 없었다. 그는 그녀의 유일한 방어벽이었고, 그 방어벽을 확고히 다지고 싶었다.
 그녀는 받아들인다는 듯 고개를 숙였다. 그렇게 보였으나 아가트는 확신할 만큼 그녀의 몸짓을 잘 알지 못했다. 그는 지금 그녀가 조용하다는 사실이 조금 의아했다. 두 사람이 알게 된 얼마 안 되는 시간 동안 그녀는 언제나 행동이나 감정이 빠른 편이었다. 하지만 함께 있은 시간이라 해봐야 정말 적었다······. 그녀가 저만치 앉아 일에 열중해 있는 동안 그녀의 평온이 그에게도 스며들었고, 그는 평온과 더불어 힘이 돌아오는 것을 느꼈다.

7 남하

 지붕마루들 위로 겨울의 시작을 알리는 별이 밝게 타올랐다. 월드가 60월기 전 소년 시절에 보았던 모습 그대로 쓸쓸한 별빛이었다. 맞은편에 떠오른 크고 가느다란 초승달도 눈별에 비하면 어슴푸레해 보였다. 새로운 월기, 그리고 새로운 절기가 시작되었다. 그러나 경사스러운 출발은 아니었다.
 외인이 줄곧 말한, 달이란 살아 있는 생물은 없지만 아스카테바와 다른 영역들과 비슷한 하나의 세계이며, 별들 역시 사람과 짐승들이 살고 여름과 겨울이 오는 세계들이라는 이야기가 사실일까……? 그렇다면 눈별에는 어떤 사람들이 살까? 월드는 입술도 없이 뻥 뚫린 입에 타오르는 불길 같은 눈을 한, 눈처럼 희고 무시무시한 존재들을 상상했다. 그는 고개를 내저으며 다른 장로들이 하는 말에 관심을 쏟으려 노력했다. 먼저 떠났던 전령들은 닷새 만에 북쪽에 떠도는 갖가지 소문과 함께 돌아왔다. 그리고 연장자들은 테바의 큰 마당에 불을 피우고 돌두드림을 열었다. 월드가 마지막으로 가서 원을 닫기는 했지만, 그것은 감히 그의 역할을 대신할 사람이 없기 때문이었을 뿐, 아무 뜻도 없었으며 자존심만 상하는 일이었다. 그가 공표한 전쟁은 무산되었고, 그가 보낸 이들이 떠나지 않았으며, 그가 맺은 동맹이 깨어진 이상…….

옆에 앉은 우막수만도 그와 마찬가지로 말이 없었다. 다른 이들은 서로 고함을 질러대고 말싸움을 벌이며 아무 결론도 내지 못했다. 무엇을 기대하겠는가? 돌 두드리는 소리 속에서 솟아오르는 리듬은 없었고, 그저 시끄러운 말소리와 싸움뿐이었다. 그런 돌두드림 뒤에 무슨 결론이 나오기를 기대할 수 있겠는가? 월드는 온기를 전해 주기에는 너무 멀리에서 타오르는 불을 보며 바보들, 바보들이라고 생각했다. 다른 이들은 대부분 그보다 젊었고, 젊음과 서로에게 지르는 고함으로 몸을 덥힐 수 있었다. 하지만 그는 노인이었고 겨울바람 속, 빛나는 눈별 아래에서 모피만으로는 몸이 따뜻해지지 않았다. 추위 때문에 다리가 쑤셨고 가슴이 아팠으며, 다들 무엇 때문에 으르렁대는지 알지 못했고 알고 싶지도 않았다.

우막수만이 갑자기 일어섰다.

"들으시오!"

야유와 중얼거림은 남았지만 그의 천둥 같은 목소리는 (월드는 '날 닮았지.'라고 생각했다.) 모두를 잠잠하게 만들었다. 모두들 무슨 일이 일어났는지는 알고 있었지만 즉시 랜딘과 싸우자는 주장은 아직까지 월드의 혈족 거주지 밖까지 퍼지지 않았다. 우막수만은 공격대를 이끌지 않는다는 이야기, 공격 같은 것은 없다는 이야기, 외인이 공격해 올지도 모른다는 이야기가 나왔을 뿐이었다. 롤레리나 아가트에 대해 알지 못하는 다른 가문들은 오히려 실제 문제가 된 것이 가장 강력한 씨족 내부의 파벌 싸움이라는 것을 알고 있었다. 지금 돌두드림에서 나오는 연설은 벽 너머에서 외인을 만났을 때 적으로 간주해야 할 것인가 하는 주제를 계속 물고 늘어졌으나 그것은 명목상일 뿐, 사실은 암암리에 그 문제를 지적하고 있었다.

우막수만이 말했다.

"들으시오, 테바의 연장자들이여! 다들 이런 말 저런 말을 늘어놓지만 더 이상 할 말도 남아 있지 않소. 가알은 오고 있소. 사흘 안에 여기까지 올 거요. 입 다물고 가서 창을 갈고, 우리의 문과 벽을 지키시오. 적은 곧장 우리에게 오고 있으니. 보시오!"

그는 북쪽을 향해 팔을 뻗었고, 우막수만의 말투가 어찌나 다급했던지 많은 사람이 그 순간 바로 남하하는 무리가 벽을 뚫고 쏟아져 들어오기라도 할 듯 북쪽을 쳐다보았다.

"우막수만, 왜 네 혈족 여인이 빠져나간 문은 돌보지 않았던가?"

이제 그 이야기가 나오고 말았다.

우막수만은 노기등등하여 말했다.

"우크웨트, 그 애는 네 혈족 여인이기도 하다."

한쪽은 월드의 아들이었고, 한쪽은 그의 손자였다. 그들이 이야기하는 여인은 그의 딸이었다. 월드는 살면서 처음으로 수치심을 알았다. 동족들 중에서 가장 뛰어난 사람들이 모두 모인 앞에 무력하게 벌거벗고 있는 듯한 수치심. 그는 고개를 수그린 채 꼼짝 않고 앉아 있었다.

"그래. 그렇지. 그리고 내 덕분에 우리 혈족이 치욕을 당하지 않는 것이고! 나와 내 형제들이 그년이 함께 누운 놈의 더러운 얼굴에서 이빨을 뽑아내었고, 내가 동물처럼 그놈을 거세하려 했는데 네놈이 우릴 막았다, 우막수만. 네가 말도 안 되는 헛소리로 우리를 막았……."

"이 멍청아, 내가 너희를 막은 건 가알에 더해서 외인하고까지 싸울 수는 없기 때문이야! 그 애는 제가 택하는 남자와 잘 수 있는 나이고 이건……."

"그놈은 남자가 아니다, 혈족이여. 그리고 나는 멍청이가 아니지."

"넌 멍청이다, 우크웨트 네놈이 얼씨구나 하고 외인과 싸울 기회를 잡은 덕분에 우린 가알의 진로를 돌릴 수 있는 단 한 번의 기회를 놓쳐버렸어!"

"거짓말쟁이, 배신자! 네놈의 말은 듣지 않겠다!"

그들은 고함을 질러대며 도끼를 뽑아 들고 원 한가운데에서 맞붙었다. 월드는 몸을 일으켰다. 가까이 앉아 있던 남자들은 제일 나이 많은 어른이자 족장으로서 그가 싸움을 멈춰주길 기대하며 올려다보았다. 그러나 월드는 싸움을 말리지 않았다. 그는 말없이 깨어진 원에서 몸을 돌려 지팡이를 짚고, 무겁게 발을 끌며 높고 기울어진 지붕들과 비어져 나온 차양들 사이를 지나 혈족 거주지로 내려갔다.

그는 흙으로 만든 층계를 힘겹게 밟아, 탁하고 뿌연 땅속 넓은 방의 따뜻한 공기 속으로 들어갔다. 사내아이들과 여인네들이 다가와 돌두드림이 끝났느냐고, 왜 혼자 계시냐고 물었다.

"우막수만과 우크웨트가 싸우고 있다."

그는 그 말로 여인네들을 내보내고 불 옆에 앉아 불구덩이에 다리를 뻗었다. 이래서 좋을 것은 하나도 없다. 더 이상 어떻게 하든 좋을 게 없다. 여인들이 도끼에 쪼개진 머리통에서 피가 뚝뚝 흐르는 시체를 들고 울부짖으며 돌아왔을 때에도 그는 움직이지도, 입을 열지도 않고 보기만 했다.

"우막수만이 그이를 죽였습니다. 혈족을, 형제를 죽였어요."

우크웨트의 아내들이 월드를 향해 날카롭게 울부짖었어도 그는 머리를 들지 않았다. 한참 뒤에 그는 겨우 사냥꾼들에게 에워싸인 늙은 짐승처럼 무거운 눈으로 그들을 둘러보고는 탁한 목소리로 말했다.
"조용히 해라……. 조용히 좀 할 수 없겠느냐……."

다음 날도 다시 눈이 내렸다. 그들은 겨울의 첫 희생자가 된 우크웨트를 묻었고, 무덤이 흙으로 채워지기 전 시체의 얼굴 위에 눈이 쌓였다. 월드는 그 순간, 그리고 그 후에도 우막수만을 생각했다. 무법자가 되어 눈 내리는 구릉 지대를 홀로 떠돌고 있을 그의 아들. 어느 쪽이 더 나은 것일까?

혀가 굳은 느낌이었고 말을 하고 싶지가 않았다. 그는 불 옆에 머물렀고 때로는 바깥이 낮인지 밤인지도 알지 못했다. 잠도 제대로 자지 못했다. 웬일인지 늘 잠이 들자마자 깨는 것 같았다. 바깥, 땅 위가 소란스러워졌을 때에도 막 깨어난 참이었다.

여인네들이 가을에 태어난 장난꾸러기 아이들을 부여잡은 채 벌벌 떨면서 곁방에서 나왔다. 그들은 날카롭게 외쳤다.
"가알, 가알이에요!"

나머지는 큰 집안에 어울리는 여인들답게 조용히, 질서를 바로잡고 앉아서 기다렸다.

아무도 월드를 찾아오지 않았다.

그는 스스로가 더 이상 족장이 아니라는 사실을 알고 있었다. 하지만 더 이상 남자도 아니란 말인가? 어린 것들과 여인들과 함께 땅굴 속 불 옆에 머물러 있어야 한단 말인가?

공공연한 치욕은 참을 수 있어도 자존감을 잃는 것만은 참을 수 없었다. 그는 약간 떨면서 몸을 일으켜 가죽 조끼와 아주 오래전에 눈구울을 죽였던 무거운 창을 찾아 낡은 장식 궤를 뒤지기 시작했다. 이제 몸은 굳고 무거웠으며 밝은 계절은 모두 지나버렸더라도 그는 이전 겨울에 그 창으로 괴물을 죽인 청년과 똑같은 남자였다. 그렇지 않던가? 적이 오는데 사람들이 그를 이곳 불 가에 놓아둘 수는 없는 일이었다.

어리석은 여자들이 사방을 둘러싸고 깩깩거리며 뜯어말리는 바람에 정신이 사나워지고 화가 났다. 그러나 늙은 커를리는 다른 여인을 모두 조용히 시키고, 한 명이 빼앗아 갔던 창을 돌려준 다음 가을에 손수 만들어준 회색 코리오 모피 망토의 목 부분을 조여주었다. 남자가 무엇인지 아는 이가 하나는 남아 있었던 셈이다. 그녀는 말없이 그를 바라보았고 그는 그녀의 슬픈 자부심을 느꼈다. 그래서 그는 최대한 몸을 똑바로 폈다. 그녀는 퉁명스러운 노파였고 그는 멍청한 늙은이였지만 그래도 자부심은 남아 있었다. 그는 벽 너머에서 울리는 낯선 이들의 고함 소리를 들으며 계단을 올라 차고 밝은 달 아래로 나갔다.

남자들은 안을 비운 집 연기 구멍 위에 세운 네모난 단에 모여 있었다. 월드가 사다리를 오르자 다들 길을 내주었다. 씩씩거리며 힘겹게 올라간 뒤라 처음에는 아무것도 볼 수 없었지만, 곧 앞이 보였다. 그는 이 믿을 수 없는 광경 앞에 잠시 동안 모든 것을 잊었다.

테바 언덕 기단부를 따라 숲 동쪽 강 계곡까지 북에서 남으로 이어지는 계곡 전체가 사람으로 가득했다. 계곡을 꽉 채운 사람들이 넘실거리는 모습이 범람한 강줄기 같았다. 그들은 남쪽으로 향하고 있었다. 고함 소리, 울부짖는 소리, 서로를 부르는 소리, 삐걱거리는 소리에 채찍 휘두르는 소리, 한의 쉰 울음소리, 아기 울음소리, 수레 끄는 이들의 음정 박자 맞지 않는 노랫소리가 뒤엉킨 가운데 뻗었다 줄어들고 멈췄다 출발하며 아무렇게나 섞여 느릿느릿 흘러가는 검은 물결. 말아 올린 붉은 펠트 천막과 여인의 장식 고리, 붉은 깃털과 창 끝만 다른 색채로 번득였다. 냄새와 소리, 움직임……, 끊임없이 남으로 남으로 향하는 움직임. 그것이 남하였다. 하지만 지난날에는 이렇게 많은 수가 한꺼번에 남하한 적은 한 번도 없었다. 북쪽으로 계곡이 넓어지는 곳에서 더 많은 수가 오고 있었고, 그 뒤에도 꾸역꾸역 밀려왔으며, 그 뒤에도 더 있었다. 게다가 지금 이 행렬은 여자와 아이들과 짐수레들뿐이었다……. 이 느린 사람 홍수 옆에 선 테바의 겨울 도시는 아무것도 아니었다. 범람한 강줄기 옆에 놓인 돌멩이에 지나지 않았다.

처음에는 속이 울렁거렸다. 그러나 월드는 이윽고 마음을 다잡아 말했다.

"대단하구먼……."

모든 북부 종족의 이동은 확실히 대단한 것이었다. 그는 이 광경을 본 것이 기뻤다. 월드의 옆에 서 있던 연장자, 시오크만 혈족의 안웰드는 어깨를 으쓱하며 조용히 대꾸했다.

"그러나 우리는 끝장입니다."

"그들이 이곳에서 멈춘다면 그렇지."

"이들은 멈추지 않겠지요. 하지만 뒤에 전사들이 옵니다."

뒤에 오는 전사들은 너무나 강할뿐더러 수적으로 밀릴 턱이 없었다…….

안웰드는 계속 말했다.

"이들 모두를 먹이려면 오늘 밤 우리의 창고와 가축 떼가 필요할 겁니다. 이들이 지나가는 대로 공격하겠지요."

"그렇다면 여인네와 아이들을 구릉 지대로 내보내라. 이 도시는 그런 힘에 맞닥뜨려선 덫 역할밖에 하지 못해."

"듣겠습니다."

안웰드는 동의의 뜻으로 어깨를 으쓱하며 말했다.

"지금. 빨리……, 가알이 우리를 둘러싸기 전에."

"말씀은 나왔고 저는 들었습니다. 허나 다른 이들은 우리는 벽 안 피난처에 머굴면서 여인네들끼리 몸을 지키게 내보낼 순 없다고 말합니다."

월드는 으르렁거렸다.

"그렇다면 그들과 함께 가자! 테바의 남자들이 아무것도 결정하지 못한단 말인가?"

"지도자가 없습니다. 이 사람 저 사람을 따르며 우왕좌왕하고 있어요."

그 이상의 말은 월드와 그 혈족 남자들에 대한 비난이 될 터였다. 그래서 안웰드는 이렇게만 말했다.

"그래서 이렇게 죽음을 기다리고 있는 겁니다."

"내 혈족 여인들을 내보내겠네."

월드는 안웰드의 열의 없는 절망에 짜증을 내며 말하고는 엄청난 남하 장면에서 등을 돌려 사다리 아래로 내려가서 혈족들에게 기회가 있을 때 몸을 보전하라고 말했다. 그는 그들과 함께 갈 작정이었다. 이런 조건으로는 싸울 수가 없었고, 누군가는, 테바 사람들 중 누군가는 살아남아야 하니까.

하지만 그의 씨족에서도 젊은 축은 그의 말에 동의하지 않았고 그의 명령을 받아들이려 하지 않았다. 그들은 남아서 싸울 작정이었다.

월드는 말했다.

"허나 너희는 죽을 것이고, 여인네와 아이들은 뿔뿔이 흩어질 게다. 너희들과 함께 여기 남지 않는 한."

혀가 다시 굳는 느낌이었다. 그들은 월드가 말을 끝내는 것도 기다리지 못해 조바심을 쳤다.

젊은 손자 하나가 말했다.

"가알을 깨부술 겁니다. 우린 전사들이라고요!"

말씨가 능란하고 알랑거리기 잘하는 다른 녀석이 거들었다.

"테바는 강력한 도시니까요. 최고 연장자님께서 도시를 잘 짓는 방법을 가르쳐주셨잖습니까."

월드는 말했다.

"이 도시는 겨울에 대항해서는 버틸 수 있다. 허나 만 명의 전사를 상대로는 아니야. 내 여인들이 가알의 노예가 되고 창녀가 되어 살게 하느니 헐벗은 언덕에서 얼어 죽는 것을 보고 말겠다."

그러나 그들은 그의 말에 귀를 기울이지 않았다. 그저 이야기가 끝나기만 기다릴 뿐이었다.

그는 다시 밖으로 나갔지만 다시 사다리를 오르기에는 너무 지쳐 있었다. 그는 좁은 골목길 한쪽 구석에서 사람에 치이지 않고 기다릴 자리를 찾았다. 성문에서 멀지 않은 남쪽 벽 버팀대에 난 틈새였다. 기울어진 진흙 벽돌 버팀대 위로 기어올랐다면 벽 너머로 지나가는 남하를 지켜볼 수 있었을 것이다. 망토 아래로 새어들던 바람이 잦아들자 턱을 무릎에 붙이고 쪼그려 앉아 기울어진 벽에 기댈 수 있었다. 태양이 내리쬐었다. 그는 잠시 동안 그 따뜻한 햇볕을 쐬며 쪼그려 앉은 채 생각을 거의 하지 않았다. 그는 한 번인가 두 번 고개를 들어 태양을 쳐다보았다. 세월에 늙고 약해진 겨울 태양을.

벌써 벽 아래 짓밟힌 땅 사이로 눈이 녹지 않고 뿌리 없는 눈 곡식 외에는 아무것도 살지 못하는 한겨울이 올 때까지 폭설이 내리지 않을 때마다 무성하게 자라나 급히 꽃을 피우고 금세 죽는 작은 겨울 풀이 고개를 내밀고 있었다. 언제나 무엇인가는 살아 숨쉰다. 모든 생물은 기나긴 일 년 동안 주어진 시간을 기다려 번성하고 죽어 다시 때를 기다리는 법.

긴 시간이 흘렀다.

성벽 북서쪽 모퉁이에서 고함 소리와 비명 소리가 올랐다. 사내들은 작은 도시에 늘어진 처마 아래로 한 사람이 겨우 지나갈 너비로 뚫린 길을 달려갔다. 다음 순간 윌드의 등 뒤, 그리고 왼쪽 성문 밖에서 시끄럽게 외치는 소리가 들렸다. 긴 도르래를 이용하여 안쪽으로 들어올리게 되어 있는 높은 나무 성문이 흔들렸다. 놈들이 통나무로 문을 들이받고 있었다. 윌드는 힘겹게 몸을 일으켰다. 추위 속에 뻣뻣하게 앉아 있었더니 다리에 감각이 느껴지지 않았다. 그는 잠시 동안 창에 기대어 서 있다가 버팀대에 기대어 발밑을 다지고 가까운 거리에서 쓰기 좋게 창을 고쳐 잡았다.

시끄러운 소리로 미루어보아 가알은 이미 북쪽에서 도시 안으로 들어온 것이었다. 사다리를 쓴 게 분명했다. 쏘아낸 투창 한 자루가 지붕 위로 깨끗한 선을 그렸다. 성문이 다시 흔들렸다. 지난날에는 가알이 사다리나 충각 같은 것을 쓰지 않았으며, 한꺼번에 수만 명이 아니라 부족마다 뿔뿔이 흩어져 움직였다. 지난날의 그들은 진짜 인간처럼 제 영역 안에서 살고 죽는 놈들이 아니라 추위가 닥치기 전에 남쪽으로 달아나는 겁 많은 야만인이었다……. 희고 넓적한 얼굴에 송진을 바른 머리카락 끝에 붉은 깃털을 단 가알 한 놈이 안쪽에서 성문을 열기 위해 달려가는 모습이 보였다. 윌드는 한 걸음 앞으로 나서며 "멈춰라!"라고 외쳤다.

가알은 주위를 두리번거렸고, 노인은 6피트 길이의 강철 창촉을 적의 옆구리 갈빗대 바로 밑으로 찔러 넣었다. 경련하는 몸뚱이에서 창을 빼내려 애쓰는 사이 등 뒤에서 성문이 쪼개지기 시작했다. 나무가 썩은 가죽처럼 갈라지고 그 틈으로 굵은 통나무가 밀고 들어오는 광경은 무시무시한 것이었다. 월드는 가알의 배에 꽂힌 창을 내버려두고 절뚝이며 허위허위 혈족 거주지를 향해 골목길을 달렸다. 앞에 보이는 도시의 뾰족한 나무 지붕들 모두가 불길에 휩싸여 있었다.

8 외계인의 도시에서

이 집의 온갖 이상한 점 가운데에서도 가장 이상한 것은 아래층의 커다란 방 벽에 그려진 그림이었다. 아가트가 떠나고 모든 방이 정적에 싸인 후 그녀는 벽 앞에 서서 이 그림을 뚫어져라 쳐다보았다. 그림이 세계가 되고 스스로가 벽이 될 때까지. 그리고 그 세계는 그물망이었다. 거미집처럼 얽힌 숲 속 나뭇가지들 같고 물속에서 서로 엉키는 흐름들 같은, 각도에 따라 태양 같은 노란색이며 녹색, 장미색으로 바뀌는 은색, 회색, 검정색의 그물망. 계속 바라보다 보면 그 안에서 그물망을 보고 그 속에 엮여 들어가 스스로 그물망을 자아내게 된다. 크고 작은 무늬와 형태들, 짐승과 나무와 풀, 남자와 여자, 외인 같은 이들과 외인과 다른 이들, 그리고 둥근 다리가 달린 상자를 비롯한 이상한 물건들과 새, 도끼, 은창과 불꽃 깃털, 얼굴이 아닌 얼굴들, 날개 달린 돌과 잎사귀가 곧 별인 나무…….

"저건 뭐죠?"

그녀는 아가트가 그녀를 돌봐주라고 부탁한 외인 여인에게 물었다. 아가트의 혈족 여인인 그녀에게서 나름대로 친절하게 대답해 주려 노력하는 기색이 엿보였다.

"그림이죠. 당신네도 그림은 그리지 않던가요?"

"조금 그리긴 해요. 뭘 이야기하는 거죠?"

"다른 세계들과 우리 고향에 대한 이야기예요. 안에 그려진 사람들이 보이죠……. 오래전, 우리가 유배된 첫 해에 에스밋의 아들이 그린 그림이에요."

"저건 뭐예요?"

롤레리는 경의를 보일 만한 거리에서 그림을 가리켰다.

"건물이에요. 데이브넌트라는 이름의 세계에 있는 연맹 대회당이죠."

"그럼 저건요?"

"엘카."

"다시 듣겠어요."

롤레리는 이곳에서 매 순간 예의를 다하고 있었기에 정중하게 말했지만, 세이코 에스밋이 의례의 말을 이해하지 못하는 것 같아 다시 물었다.

"엘카가 뭐죠?"

외인 여인은 입술을 약간 내밀고 냉담하게 대답했다.

"그건…… 타고 다니는 물건인데……. 이를테면…… 아, 당신네는 바퀴도 쓰지 않는데 뭐라고 설명할 수 있겠어요? 우리가 쓰는 바퀴 달린 수레 봤죠? 봤어요? 이것도 그런 종류의 수레예요. 하늘을 나는 수레죠."

"지금도 그런 수레를 만들 수 있나요?"

롤레리는 순수하게 감탄한 것뿐이었지만 세이코는 질문의 뜻을 잘못

이해한 모양이었다. 세이코는 적의를 품고 대답했다.

"아니요. 당신들 수준 이상으로 올라가는 게 법으로 금지되어 있는데 어떻게 이곳에서 그런 기술을 유지할 수 있었겠어요? 600년 동안 당신들은 바퀴 사용법조차 배우지 못했는데!"

동족들에게서 떨어졌을뿐더러 지금은 아가트마저 없이 홀로 이 낯선 곳에 유배된 롤레리는 세이코 에스밋과 다른 사람들 모두와 마주치는 물건 모두가 무섭기만 했다. 그래도 질투심에 찬 나이 많은 여인에게 잠자코 경멸당할 생각은 없었다. 그래서 그녀는 말했다.

"난 배우려고 묻는 거예요. 하지만 당신들이 이곳에 600년이나 있었던 것 같진 않은데요."

"고향의 햇수로 600년은 이곳의 10년이에요."

세이코 에스밋은 잠시 사이를 두고 말을 이었다.

"사실 우린 엘카와 그 밖에 우리 동족들에게 속했던 많은 물건에 대해 잘 알지 못해요. 우리 조상들은 이곳에 오면서 연맹의 법을 지키겠노라 맹세했고, 그 법은 원주민들이 사용하는 물건과 다른 많은 것들을 쓰지 못하게 했거든요. 문화 금제라는 것이죠. 우린 때가 되면 당신들에게 많은 것을 가르칠 작정이었어요. 바퀴 달린 수레라든가. 하지만 배가 떠나버렸죠. 여기에 남은 동족은 얼마 되지 않았고, 연맹에서는 아무 소식이 없고, 그 무렵엔 당신네 부족들 사이에 적도 많았어요. 법을 지키면서 동시에 우리가 갖고 있는 것, 알고 있는 바를 지키는 건 힘든 일이었죠. 그러니까 어쩌면 우린 많은 기술과 지식을 잃어버렸는지도 몰라요. 그것도 알 수 없는 일이죠."

"이상한 법이었네요."

롤레리는 입 안으로 중얼거렸다.

"당신들을 위해 만들어진 법이에요. 우리를 위한 게 아니라."

세이코는 아가트와 같은 딱딱하고 독특한 말투로 다그치듯 말했다.

"우리 모두가 어릴 때 배우는 연맹 법규집에는 이렇게 씌어 있어요. '어떤 종교나 윤리도 퍼트려서는 아니 되며, 어떤 기술이나 이론도 가르치지 말 것이고, 어떤 문화 경향이나 문화 양식도 전하지 말 것이며, 아직 연맹에 합류하지 않은 어떤 고도 지성 생명체와도 어떤 거류지에서도 비(非)언어를 사용하여 대화를 나누지 말라. 총회의 동의와 더불어 지역 평의회에서 해당 행성이 연맹의 일원이 되거나 통제를 받을 준비가 되었다고 판단하기 전까지는…….' 요컨대 우리가 당신들과 똑같이 살아야 한다는 뜻이에요. 그렇게 살지 않는 한 우린 우리 자신의 법을 깨뜨리는 거죠."

롤레리는 말했다.

"그렇다고 우리한테 해가 된 건 없는걸요. 당신들에게도 그렇게 좋았던 것 같진 않지만요."

"당신은 우리를 평가할 수 없어요."

세이코는 적개심 어린 목소리로 차갑게 말했다가 자제하며 다시 말했다.

"해야 할 일이 있어요. 같이 가겠어요?"

롤레리는 유순하게 세이코를 따라갔다. 하지만 그녀는 방을 나서면서 그림을 살짝 돌아보았다. 그 그림은 그녀가 본 어떤 것보다 커다란 일체였다. 기운이 쭉 빠질 정도로 복잡한 검은색과 은백색 그림은 그녀에게 아가트의 존재와 비슷한 영향을 끼쳤다. 아가트와 함께 있을 때 그녀는 그를 두려워했지만, 그 외에는 아무것도 두렵지 않았다. 아무것도, 그 누구도.

외계인의 도시에서

랜딘의 전사들은 떠났다. 그들은 게릴라전과 매복으로 가알을 덜 공격적인 희생자가 있는 남쪽으로 몰 수 있지 않을까 희망했다. 그야말로 희망이었다. 여자들은 농성을 준비하고 있었다. 세이코와 롤레리는 대광장에 있는 연맹 회당에 출두했고, 도시 남쪽에 길게 이어지는 들판에 흩어져 있는 한을 모으는 일을 할당받았다. 여자 스무 명이 함께 갔다. 하루 종일 나가 있어야 할 테니 모두 회당을 나서면서 빵과 굳힌 한 젖을 한 묶음씩 받았다. 풀이 줄어들면서 한들은 남쪽으로 멀리 해변과 해안 산맥 사이까지 배회했다. 여자들은 남쪽으로 8마일을 걸어간 다음 방향을 돌려 지그재그로 움직이면서 조용하고 작은 짐승들을 점점 많이 모아들였다.

롤레리는 외인 여인들을 새로운 눈으로 보게 되었다. 그들은 가볍고 부드러운 옷차림에 성마른 목소리와 민첩한 행동 때문에 어린아이 같고 유약해 보였는데 지금은 인간 여인들처럼 바지를 입고 모피를 두른 채 얼음 깔린 언덕에 나와 털 많고 느린 가축 떼를 북풍 속으로 몰았다. 그들은 한데 뭉쳐서 교묘하고 결단력 있게 일했고, 가축 떼를 몬다기보다는 이끌었다. 흡사 짐승들에 대한 지배력이라도 지닌 것 같았다. 여인들은 해가 진 후 엉덩이를 높이 들고 빠르게 걷는 짐승들의 털 바다 속에 파묻혀 바다 쪽 성문으로 올라갔다. 랜딘의 성벽이 보이자 한 여인이 목소리를 높여 노래를 불렀다. 롤레리는 이렇게 음정 박자를 맞춰 부르는 노랫소리를 들은 적이 없었다. 눈이 깜박이고 목이 아팠으며, 캄캄한 길을 딛는 발은 저도 모르게 박자를 맞추었다. 노래는 이 목소리 저 목소리로 옮겨 가며 길을 오르내렸다. 그들은 알지도 못하는 잃어버린 고향에 대해, 옷감을 짜고 그 위에 보석을 수놓는 일에 대해, 전쟁터에 나가 죽은 전사들에 대해 노래했다. 사랑에 미쳐 바다 속으로 뛰어든 처녀에 대한 노래도 있었다.
"오, 파도는 멀리 굽이쳐 나가고……."
달콤한 목소리로 비탄에 잠긴 노래를 부르며, 스무 명의 여인들은 가축 떼를 몰고 바람 부는 어둠 속을 걸었다. 밀물이 들어와 왼쪽 모래 언덕들 너머에서 어둠이 출렁였다. 앞에 보이는 높은 벽 위에서 타오르는 횃불은 유배 도시를 빛의 섬으로 만들었다.

현재 랜딘에서는 모든 식량을 엄격하게 배급했다. 사람들은 광장을 둘러싼 큰 건물 네 채 중 한 곳에 모여 식사를 하거나 배급을 받아 집으로 갔다. 가축 떼를 모아온 여인들은 식사 시간에 늦었다. 롤레리는 '극장'이라는 이름의 괴상한 건물에서 급히 저녁 식사를 마친 후 세이코 에스밋과 함께 알라 파스팔이라는 여인의 집으로 갔다. 실은 아가트의 빈 집에 가서 혼자 있고 싶었지만, 누군가 제의를 하면 그대로 따랐다. 그녀는 더 이상 처녀가 아니었고, 더 이상 자유롭지도 않았다. 그녀는 알테라 인의 아내이며 관대한 처분을 받는 포로였다. 살아오면서 처음으로 그녀는 남의 말에 복종했다.

높은 방은 화롯불 없이도 따뜻했다. 심지 없는 등잔이 벽에 달린 유리 상자 안에서 타올랐다. 테바의 혈족 거주지 전체만큼 큰 이 집에 늙은 여인 혼자 살았다. 어떻게 외로움을 견뎌내는 걸까? 그리고 어떻게 벽 안에 여름의 온기와 빛을 담아놓은 걸까? 게다가 그들은 1년 내내, 평생 동안 이 집에 산다. 떠도는 일도 없고, 방목 구역이나 넓은 여름 초지에 천막을 치는 일도 없이……. 롤레리는 흔들리는 머리를 곧추세우고 혹시 조는 모습을 보였을까 싶어 잽싸게 늙은 여인 파스팔에게 눈길을 던졌다. 보인 게 확실했다. 그 늙은 여인은 놓치는 게 없었고, 롤레리를 싫어했다.

그들은 다 그랬다. 알테라, 즉 외인의 연장자들은 모두 그랬다. 그들은 질투 어린 애정으로 자콥 아가트를 사랑했기에, 그가 그녀를 아내로 맞았기에, 그녀는 인간이고 그들은 아니었기에 그녀를 싫어했다.

한 사람이 테바에 대해 이야기하고 있었다. 너무 이상해서 믿을 수가 없는 이야기였다. 그녀는 눈을 내리깔았지만 얼굴에 공포가 드러났는지 데르맛 알테라라는 남자가 다른 이들의 말에 귀 기울이기를 그만두고 말했다.

"롤레리, 테바가 무너진 걸 몰랐습니까?"

"듣겠어요."

그녀는 속삭이듯 말했다.

외인 남자는 설명했다.

"우리 쪽 사람들은 내내 서쪽에서 가알을 괴롭히고 있었어요. 가알 전사들이 테바를 공격했을 때, 우리는 그들의 보급선과 가알 여인들이 숲 동쪽에 마련한 야영지를 급습했지요. 덕분에 가알 전사들 일부를 끌어낼 수 있었고, 테바 사람들도 일부 빠져나왔어요. 하지만 그들과 우리 전사들 모두 뿔뿔이 흩어졌어요. 몇 명은 지금 여기에 와 있지만 나머지는 어떻게들 하고 있는지 모릅니다. 이 추운 밤에 구릉 지대에 나가 있다는 것밖에는……."

롤레리는 말없이 앉아 있었다. 너무 지쳐 있었고, 이해가 가질 않았다. 겨울 도시가 약탈당하고 파괴되었다니. 정말 그럴 수가 있단 말인가? 그녀는 동족을 떠났고, 이제 그들은 모두 죽거나 집을 잃고 겨울밤에 황야를 헤매고 있다. 그녀는 혼자 남겨졌다. 외계인들은 거친 목소리로 이야기를 계속했다. 잠시 동안 롤레리는 손과 팔에 흘러내리는 가느다란 핏줄기를 보았다. 환영이었다. 속이 약간 울렁거렸지만 더 이상 졸리지는 않았다. 그녀는 간혹 한 번씩 의식의 변두리, 망아(忘我) 상태의 첫 단계에 들어서는 자신을 느꼈다. 마녀 파스팔의 밝고 차가운 눈이 그녀를 쏘아보았다. 움직일 수가 없었다. 아무 데도 갈 곳이 없었다. 모두 죽어버렸다.

그러다가 무엇인가가 변했다. 어둠 속 멀리 작은 불빛이 떠오르는 것 같았다. 그녀는 큰 소리로 말했다고 생각했지만, 실제로는 바로 옆에 있는 사람들에게만 들릴 만큼 부드럽게 말했다.

"아가트가 오고 있어요."

"그가 마음으로 말했나?"

알라 파스팔은 날카롭게 물었다.

롤레리는 두려운 늙은 여인 옆의 허공을 잠시 노려보았다. 그녀는 알라 파스팔을 보고 있지 않았다. 그녀는 되풀이해 말했다.

"그가 와요."

필롯손이라는 이름의 알테라가 말했다.

"메시지를 보내는 게 아닐지도 몰라요, 알라. 지속적인 연결 상태일 수도 있지요."

"말도 안 돼, 후루."

"왜 말이 안 되죠? 아가트는 해변에서 롤레리에게 아주 강하게 메시지를 보냈고, 그게 통했다고 했어요. 롤레리는 타고난 능력자임에 분명해요. 그래서 연결이 성립된 거죠. 전에도 일어난 적이 있는 일입니다."

늙은 여인은 대꾸했다.

"양쪽 다 인간일 때나 그랬지. 훈련받지 않은 어린아이는 비언어 메시지를 받거나 보낼 수 없어, 후루. 타고난 능력자는 세상에서 제일 희귀한 존재고, 게다가 이건 힐프지 인간이 아니란 말이네!"

그들이 말하는 사이 롤레리는 몸을 일으켰고, 사람들의 원을 빠져나가 문으로 향했다. 그녀는 문을 열었다. 바깥에 있는 것은 텅 빈 어둠과 추위뿐이었다. 그녀는 길을 쳐다보았고, 얼마 지나지 않아 지친 걸음으로 길을 내려오는 한 남자의 모습을 볼 수 있었다. 그는 열린 문으로 흘러나가는 노란 불빛 속으로 들어왔고, 그녀의 손을 잡으며 입 속으로 그녀의 이름을 불렀다. 미소를 짓자 앞니 세 개가 빠지고 없는 것이 보였다. 털모자 아래로 감긴 붕대는 새까맸다. 녹초가 된 데다 상처의 통증까지 겹쳐 우중충한 얼굴이었다. 그는 사흘 낮 이틀 밤 전에 가알이 아스카테바 영역에 들어선 이후 줄곧 구릉 지대에 나가 있었다.

"마실 물 좀 갖다 줘요."

그는 롤레리에게 부드럽게 말한 다음 빛 속으로 들어갔고, 나머지 사람들은 그의 주위에 모여들었다.

롤레리는 부엌으로 들어가 꼭대기에 얹힌 꽃을 돌리면 줄기에서 물이 쏟아지는 강철 갈대를 찾았다. 아가트의 집에도 그런 장치가 있었다. 그릇도 잔도 찾아내지 못한 그녀는 가죽 튜닉의 늘어진 가장자리에 물을 담아 다른 방에 있는 남편에게 가져갔다. 그는 진지한 얼굴로 튜닉에 담긴 물을 마셨다. 사람들은 그 광경을 빤히 바라보았고 파스팔은 날카롭게 말했다.

"찬장에 잔이 있어요."

하지만 알라 파스팔은 더 이상 마녀가 아니었다. 그녀의 적개심도 이젠 빗나간 화살처럼 느껴졌다. 롤레리는 아가트 곁에 무릎 꿇고 앉아 그의 목소리를 들었다.

9 게릴라

 첫눈이 내린 후 날씨는 다시 따뜻해졌다. 가을의 마지막 월기 내내 그랬듯 태양이 뜨고, 비가 약간 오고, 북서풍이 불었으며 밤에는 가벼운 서리가 내렸다. 겨울도 그 전과 그리 다르지 않았다. 10피트나 쌓인 폭설이며 월기 내내 절대 녹지 않는 얼음에 대해 이야기한 이전 해의 기록을 믿기가 힘들 정도였다. 그런 겨울은 조금 나중에 오는 것인지도 몰랐다. 눈앞의 문제는 가알이었다······.
 아가트의 게릴라 부대가 측면에 약간 상처를 입히기는 했지만, 가알은 크게 상관하지 않고 아스카테바 영역을 빠른 속도로 통과, 숲 동쪽에 진을 쳤고 사흘째에는 겨울 도시를 공격했다. 그러나 도시를 파괴하지는 않았다. 그들은 곡물 창고와 가축 떼, 그리고 아마도 여인들을 불길에서 건지려 했다. 살육은 남자들에 한해서였다. 어쩌면 보고대로 얼마 안 되는 사내들을 주둔시키는 것일지도 몰랐다. 봄이 오면 남쪽에서 돌아오는 가알은 저들 제국의 도시를 거쳐갈 수 있을 것이다.

힐프답지 않아. 아가트는 그의 작은 군대가 테바를 습격할 위치를 잡을 때까지 쓰러진 큰 나무 둥치 아래에 숨어 기다리며 생각했다. 광야에 나와 싸우고 숨기를 계속한 지 벌써 이틀 낮 이틀 밤이 지났다. 숲에서 얻어맞아 부러진 갈비뼈는 잘 묶어놓았다 해도 아팠고, 어제 가알의 새총에 맞아 생긴 머리의 상처도 아팠다. 하지만 감염에 대한 면역성만 있으면 상처는 빨리 아물었고, 아가트는 심각한 부상이 아니면 크게 신경 쓰지 않았다. 새총의 타격은 그를 잠시 쓰러뜨렸을 뿐이었다. 지금 그는 목이 말랐고 몸이 약간 뻣뻣했지만, 이 짧고 강제적인 휴식에도 마음은 민활했다. 이 계획적인 진군은 힐프답지 않았다. 힐프들은 시간이나 공간을 아가트의 종족처럼 선형적이고 제국주의적인 방식으로 생각하지 않았다. 그들에게 있어 시간이란 한 발짝 앞, 한 발짝 뒤에서 빛나는 등불일 뿐이었다. 나머지는 분간할 수 없는 어둠이었다. 시간이란 이날, 까마득한 일 년 중 바로 이날을 가리키는 것이었다. 그들에게는 역사적인 어휘가 아예 없었다. 그저 오늘과 "지난날"이 있을 뿐이었다. 그들은 최대한이라고 해봐야 다음 절기밖에 내다보지 않았다. 그들은 바깥에서 시간을 보지 않고 밤의 등불처럼, 몸의 심장처럼 시간 속에 들어 있었다. 공간도 마찬가지였다. 그들에게 있어 공간이란 경계를 지어놓은 어떤 표면이 아니라 영역, 자아와 씨족과 부족의 중심에 자리한 심장부였다. 영역 주위는 가까이 접근하면 밝아지고 떠나오면 희미해지는 지역들이었다. 멀면 멀수록 희미했다. 하지만 경계선이나 한계선은 없었다. 지금의 계획적인 행진, 정복한 지역을 시간과 공간 양쪽 모두에 걸쳐 움켜쥐고 있으려는 이 시도는 전례가 없는 행동이었다. 이게 무엇을 뜻하는 것일까? 힐프 문화형의 자율적 변화인가, 아니면 옛날 북쪽에 있던 인간들의 거류지와 침략으로부터 전염된 것인가?

아가트는 냉소적으로 생각했다. 그렇다면 우리에게서 처음으로 뭔가를 배운 셈이 되겠군. 그리고 다음번에는 우리가 그들의 추위에 붙잡힐 것이고, 그들은 우리를 죽여버리겠지. 그리고 다시 우리에게서 배운 사고방식이 그들을 죽일지도 모른다…….

거의 알아차리기 힘들 만큼 깊고 무의식적이기는 했지만, 그의 머리와 갈비뼈를 부수고 서약을 깨뜨린 테바 인들에 대해서는 악감정이 남아 있었다. 그리고 이제 그는 눈 아래 보잘것없는 진흙 도시 안에서 그들이 학살당하는 것을 지켜보아야 했다. 그는 무력하여 테바 인들에 대항해 싸울 수 없었고, 지금은 테바 인들을 위해 싸울 수 없었다. 그는 무력감을 끌어내는 그들이 혐오스러웠다.

그 순간, 롤레리가 가축 떼를 몰고 랜딘으로 돌아가기 시작한 것과 같은 순간에 등 뒤의 도랑에서 마른 잎과 흙이 바스락거리는 소리가 났다. 그는 소리가 잦아들기 전에 장전된 다트 총을 도랑 쪽으로 겨누었다.

문화 금제는 화약을 금했고, 이 법은 유배된 이들의 기본 정신이었다. 하지만 싸움이 벌어지던 초기에 이곳 부족 중 일부가 독 바른 창과 다트를 사용했고, 덕분에 금기에서 벗어난 랜딘의 의사들은 효과적인 독을 개발해 냈다. 이 독들은 아직까지 사냥용 무기 창고에 남아 있었다. 기절시키는 독, 마비시키는 독, 느리게 죽이는 독과 빨리 죽이는 독까지. 지금 아가트의 다트에 바른 독은 치명적이었고 5초 만에 커다란 동물의 신경 체계를 망가뜨릴 수 있었다. 이를테면 가알 정도의 몸집을 지닌 동물. 다트 총의 원리는 깔끔하고 단순했으며, 50미터를 약간 넘는 거리까지 정확하게 맞출 수 있었다.

"나와라."

아가트는 조용한 도랑에 대고 말했고, 아직도 붓기가 빠지지 않은 입술은 웃음으로 벌어졌다. 모든 상황을 고려해 볼 때 그는 또 한 명의 힐프를 죽일 준비가 되어 있었다.

"알테라?"

한 힐프가 팔을 옆으로 늘어뜨린 채 죽은 회색 덤불 가운데에 똑바로 섰다. 우막수만이었다.

"젠장!"

아가트는 총을 내렸지만, 완전히 내린 것은 아니었다. 폭력성을 억누르느라 어깨가 부르르 떨리며 몸이 흔들렸다.

테바 인은 쉰 목소리로 말했다.

"알테라, 내 아버지의 천막 안에서 우린 친구였소."

"그리고 그 후에는? 숲 속에서 말이오."

우막수만은 말없이 서 있었다. 크고 육중한 몸집에 금빛 머리카락은 지저분했고 얼굴은 허기와 피로로 흙빛이었다.

"다른 작자들 사이로 당신 목소리를 들었소. 누이의 명예에 대해 보복해야 했다면 한 번에 하나씩 할 수도 있었을 텐데."

아가트의 손가락은 여전히 방아쇠에 걸려 있었다. 하지만 우막수만이 입을 열자 아가트의 표정도 변했다. 그는 대답을 들을 수 있을 거라 기대하지 않았었다.

"난 다른 자들과 같이 있었던 게 아니오. 그들을 따라가서 막았던 것이지. 난 닷새 전에 그들을 이끌었던 우크웨트, 나의 조카형제를 죽였소. 그때 이후로 내쫓겨 광야에 나와 있었지요."

아가트는 총을 완전히 내리고 눈을 돌렸다.

"이쪽으로 와요."

그는 잠시 후에 말했다. 그제야 두 사람 다 그들이 가알 정찰병이 가득한 구릉 지대에 서서 큰 소리로 떠들고 있었다는 것을 깨달았다. 우막수만과 함께 나무 둥치 아래로 몸을 숨기면서 아가트는 한참을 소리 없이 웃었다.

"친구니 적이니 대체 뭐하는 짓이람. 자."

그는 주머니에서 빵 한 덩이를 꺼내어 우막수만에게 건네며 말했다.

"사흘 전부터 롤레리는 내 아내요."

우막수만은 말없이 빵을 받아 들고 굶주린 사내다운 모습으로 먹어치웠다.

"저 왼쪽에서 휘파람을 불면 일제히 북쪽 모퉁이에 무너진 방벽 안으로 달려 들어가서, 마주치는 테바 사람은 모두 데리고 도시를 통과해 달릴 거요. 가알은 여기가 아니라 오늘 아침 우리가 있던 습지 쪽을 뒤지고 있어요. 도시에 들어갈 때는 지금뿐이오. 같이 가겠소?"

우막수만은 고개를 끄덕였다.

"무기는 있어요?"

우막수만은 도끼를 들어 보였다. 그들은 아무 말도 하지 않은 채 나란히 웅크려 앉아 마주 보이는 언덕 위에 선 작은 도시의 불타는 지붕들과 엉망이 된 골목길 안에서 엉키고 솟구치는 불꽃의 움직임을 지켜보았다. 회색 하늘은 햇빛을 가로막았고, 바람에 실려오는 연기 냄새가 매웠다.

왼쪽에서 휘파람 소리가 올랐다. 테바 서쪽과 북쪽 사면이 뛰어나가는 사람들로 살아 움직였다. 뿔뿔이 흩어진 사람의 그림자들이 몸을 굽힌 채 계곡으로 뛰어 내려갔다가 사면을 달려 올라가, 허물어진 벽을 넘어 도시의 폐허와 혼란 속으로 들어갔다.

랜딘의 남자들은 벽에서 모여 다섯 명에서 스무 명에 달하는 조를 짰고, 조원들은 함께 움직이며 다트 총과 볼로*, 짧은 칼 등으로 가알 약탈자 무리를 공격하거나 테바의 여인과 아이들을 찾아내어 그들을 데리고 성문으로 달렸다. 그들은 연습이라도 한 것처럼 빠르고 정확하게 움직였고, 도시 안에서 마지막 저항자들을 소탕하던 가알은 보초를 세우지 않았다.

아가트와 우막수만은 보조를 같이했고, 돌두드림 광장을 통과하면서 여덟 내지 열 명과 합류한 뒤, 좁은 굴 같은 골목길을 따라 좀 더 작은 광장까지 가서 커다란 혈족 거주지 한 곳에 뛰어들었다. 그들은 한 사람씩 흙 계단을 뛰어내려 캄캄한 집 안으로 들어갔다. 뿔처럼 말아 올린 머리카락에 붉은 깃털을 꽂은 흰 얼굴의 사내들이 고함을 지르고 도끼를 휘두르며 약탈품을 지키러 달려 나왔다. 아가트의 총에서 발사된 다트가 한 놈의 벌린 입에 정통으로 꽂혔다. 나무에서 가지를 쳐내는 나무꾼처럼 가알 한 놈의 어깨를 찍어 팔을 떼어내는 우막수만이 보였다. 그 후에는 침묵이 내려앉았다. 여인들은 어스름 속에서 말없이 몸을 웅크리기만 했다. 아기 하나가 빽빽 고함을 질렀다.

"같이 갑시다!"

아가트가 외쳤다. 여인 몇 명이 움직이다가 그의 모습을 보고 멈춰 섰다.

옆으로 등에 뭔가 짐을 짊어진 우막수만이 현관으로 들어오는 희미한 빛에 모습을 드러냈다.

"아이들을 데려와!"

그가 고함을 지르자 익숙한 목소리를 알아들은 모두가 움직였다. 아

---

* 외날의 대형 나이프.

가트는 그들을 보호할 랜딘 남자들과 함께 계단참에 모은 다음 명령을 내렸다. 그들은 혈족 거주지를 뛰쳐나가 성문으로 달렸다. 여자와 아이들, 남자들이 뒤섞인 이상한 무리의 질주를 막는 가알은 없었다. 가알 도끼를 든 아가트는 어깨에 큰 짐을 짊어진 우막수만을 보호하며 앞장서서 달렸다. 우막수만의 어깨에 늘어진 짐은 늙은 족장이자 그의 아버지인 월드였다.

그들은 성문으로 달려나가 지난날의 천막 자리에서 가알 부대를 따돌렸다. 숲 속에 들어서자 앞뒤 여기저기에서 그들과 마찬가지로 빠져나온 랜딘의 전투 조와 피난민들이 합류했다. 테바를 뚫고 질주하는 데는 다해서 오 분밖에 걸리지 않았다.

숲 속이라고 안전하지는 않았다. 가알의 정찰병과 전투 부대는 랜딘으로 가는 길 곳곳에 흩어져 있었다. 난민들과 구출자들은 하나씩 둘씩 흩어져서 남쪽으로 향했다. 아가트는 노인을 들쳐 메느라 혼자서는 몸을 보호할 수 없는 우막수만과 함께 달렸다. 그들은 힘겹게 덤불을 뚫고 나갔다. 잿빛 통로와 언덕, 쓰러진 나무 둥치와 마구잡이로 얽힌 죽은 나뭇가지와 바싹 마른 덤불 사이에서 그들을 맞이하는 적은 없었다. 뒤쪽 멀리 어딘가에서 어떤 여자가 비명을 지르고 또 질렀다.

남서쪽으로 반원을 그리며 숲을 통과한 다음 산맥을 넘어 북쪽으로 마침내 랜딘에 이르기까지 오랜 시간이 걸렸다. 우막수만이 힘이 다하자 월드는 직접 걸었지만 그래도 속도는 더디기 짝이 없었다. 마침내 숲을 빠져나오자 바다 위 바람 부는 어둠 속 멀리 빛나는 유배 도시의 불빛이 보였다. 그들은 노인을 반쯤 잡아끌며 힘겹게 산사면을 올라 육지 쪽 성문에 도착했다.

"힐프들이 온다!"

그들이 시야에 제대로 들어오기 전에 우막수만의 금빛 머리카락만 알아본 보초들은 뒤늦게 아가트를 보고 다시 외쳤다.
"알테라, 알테라다!"
숲과 언덕에서 게릴라전을 펼친 이 사흘간 그의 곁에서 싸우고, 그의 명령을 받고, 그의 살가죽을 지켜주었던 이들이 그를 맞이하러 나와서 함께 도시 안으로 들어갔다.
그들은 할 만큼 했다. 400명이 어마어마한 규모로 이주하는 짐승 떼처럼 몰려드는 적에 대항하여……. 아가트는 적의 수를 1만 5000 정도로 추정했다. 전사만 1만 5000, 나머지를 다 합치면 6만에서 7만의 가알이 천막과 요리 도구와 수레와 한과 모피 깔개와 도끼와 팔찌와 요람판과 부싯깃 통까지 가진 물건을 다 챙겨서, 게다가 겨울에 대한 두려움과 굶주림까지 몰고 남하했다. 아가트는 야영지에서 죽은 나무 이끼를 모아 먹어치우는 가알 여인들을 보았다. 이 작은 유배 도시가 폭력과 굶주림의 홍수에 휩쓸리지 않고 아무 탈 없이 서서, 강철과 나뭇조각으로 이루어진 성문 위에 횃불을 밝히고 집에 돌아온 이들을 환영한다는 것이 불가사의하게 여겨질 정도였다.
그는 지난 사흘간의 이야기를 풀어내려 애쓰며 말했다.
"우린 어제 오후에 그들의 행렬 뒤로 돌았지."
이 말에는 현실감이 하나도 없었다. 이 따뜻한 방도, 평생 알고 지냈으며 지금 그의 말에 귀 기울이고 있는 사람들의 얼굴도 마찬가지였다.
"그들 뒤는……, 전체 이주 집단이 좁은 계곡을 따라 내려오는 뒤쪽은 산사태라도 난 땅 같더군. 벌거벗은 흙뿐 아무것도 없었어. 모든 것이 짓밟혀 흙이 되고, 아무것도……."
후루가 중얼거렸다.

"어떻게 계속 이동할 수 있는 거지? 뭘 먹고?"

"탈취한 도시의 겨울 식량이겠지. 지금은 땅이 모두 헐벗었으니. 곡식은 모두 거둬들였고, 큰 사냥감은 남쪽으로 향했어. 그들은 분명 가는 길에 있는 도시를 모두 약탈하고 도시의 한에 의존해야 할 거야. 그렇지 않았다간 눈땅을 빠져나가기 전에 굶어 죽을 테니까."

알테라 한 명이 조용히 말했다.

"그렇다면 이리로 오겠군."

"그렇게 봐야지. 내일 아니면 모레."

사실이었지만, 이 말 역시 현실감이 없었다. 손으로 얼굴을 쓸어내리자 더러움과 뻣뻣함이 느껴졌고 아직 아물지 않은 입술이 쓰라렸다. 도착했을 때에는 도시를 다스리는 이들에게 보고하러 와야 한다고 생각했지만 지금은 너무 지쳐서 더 이상 말을 할 수가 없었고 그들이 하는 말도 들리지 않았다. 그는 말없이 곁에 무릎 꿇고 앉아 있던 롤레리에게 얼굴을 돌렸다. 그녀는 호박색 눈을 들어올리지 않고 부드럽게 말했다.

"집에 가야죠, 알테라."

그는 숲 속에서 끝나지 않을 것 같은 싸움과 달음박질과 총질과 은닉의 시간을 보내는 동안 한 번도 그녀를 생각하지 않았다. 그녀를 안 지 고작 2주. 대화라고 할 수 있을 만큼 길게 말해 본 것은 세 번뿐이었다. 함께 누운 것은 단 한 번. 사흘 전 이른 아침 법회당에서 그녀를 아내로 맞이하고 한 시간 뒤에 게릴라를 이끌고 떠났다. 그는 그녀에 대해 아는 바가 거의 없었고, 그녀는 그의 종족도 아니었다. 그리고 이제 며칠 뒤면 둘 다 죽을지도 몰랐다. 그는 소리 없이 웃고 부드럽게 그녀의 손을 잡았다.

"그래요. 집에 갑시다."

그녀는 말없이, 이질적이면서도 우아하게 일어섰고 다른 이들에게 인사하는 그를 기다렸다.

그는 그녀의 혈족 200여 명과 월드와 우막수만이 유린당한 겨울 도시에서 탈출하거나 구출되었으며 지금 랜딘 안의 난민 구역에 있다고 말해 주었다. 그녀는 그들에게 가보겠다고 하지 않았다. 함께 알라의 집에서 그의 집으로 향하는 가파른 길을 오르며 그녀는 물었다.

"왜 사람들을 구하러 테바에 들어간 거죠?"

"왜냐고요?"

이상한 질문 같았다.

"자기들 힘으로 구할 수 없었으니까요."

"그건 이유가 안 돼요, 알테라."

그는 그녀가 겉보기에는 주인의 뜻에 따르는 유순하고 수줍음 많은 원주민 아내 같지만 사실은 고집 세고 제멋대로에 긍지가 보통 높지 않다는 사실을 알아나가는 중이었다. 그녀는 부드럽게 말했지만 하고 싶은 말은 확실히 했다.

"이유가 돼요, 롤레리. 가만히 앉아서 망나니들이 천천히 사람들을 죽이는 모양을 지켜볼 순 없잖아요. 어쨌든 난 싸우고 싶었고……."

"하지만 당신 도시는요. 이리로 데려온 사람들을 어떻게 다 먹여 살리죠? 가알이 포위 공격을 하면, 아니면 그 후에 겨울에는요?"

"식량은 충분해요. 우리에게 식량은 문제가 아니에요. 사람이 모자랄 뿐."

그는 피로 때문에 말을 조금 더듬었다. 하지만 맑고 차가운 밤의 기운이 마음을 씻어주었고, 오랫동안 느껴보지 못한 소박한 기쁨이 샘솟는 것을 느낄 수 있었다. 영혼의 짐이 덜어진 것 같은 이 작은 안도감은 그녀의 존재로 인한 것이었다. 그는 너무 오랫동안 모든 것에 책임을 졌다. 외계의 피와 정신을 지닌 이방인이며 외계인인 그녀는 그의 힘도 그의 의식도 그의 지식도 그의 유배도 함께하지 않았다. 그녀는 그와 아무것도 공유하지 않았지만, 그들 사이의 엄청난 차이를 뛰어넘어 즉각적이고 전적으로 그와 만나고 그와 결합했다. 마치 그 차이가, 그들 사이의 이질성이 그들을 만나게 해주고, 그들을 한데 묶어주고, 자유롭게 해주는 것 같았다.

그들은 잠기지 않은 현관문으로 들어갔다. 조야하게 장식한 돌로 만든 높고 길쭉한 집 안에는 불빛이 없었다. 이 집은 이곳에 3년간, 그러니까 180월기 동안 서 있었다. 아가트의 증조부가 이곳에서 태어났고, 할아버지와 아버지와 그 자신도 이곳에서 태어났다. 제 몸처럼 익숙한 집이었다. 그곳에 집이라고는 여기저기 언덕 사면에 친 천막, 아니면 눈 속에 파묻힌 굴뿐이었던 유목 여인과 함께 들어간다는 사실은 특별한 기쁨을 선사했다. 그는 그녀에게 어떻게 표현해야 할지 알 수 없는 상냥한 감정을 느꼈다. 그는 무의식중에 그녀의 이름을 크게, 그러나 소리가 아니라 마음으로 불렀다. 그녀는 어둠 속에서 바로 그에게 고개를 돌렸다. 어둠 속에서 그의 얼굴을 들여다보았다. 그들을 둘러싼 집과 도시는 고요했다. 그는 마음속으로 밤의 속삭임처럼, 심연을 가로지르는 손길처럼 그의 이름을 부르는 그녀의 목소리를 들었다.

"당신이 내게 말을 걸었어요."

그는 놀라움에 큰 소리로 말했다. 그녀는 아무 말이 없었지만 그는 다시 한 번 마음속으로, 피와 신경을 따라 그에게 와 닿은 그녀의 마음을 들었다. '아가트, 아가트……'

10 늙은 족장

늙은 족장은 강인했다. 그는 타격과 뇌진탕, 피로, 발각, 재난을 손상되지 않은 의지력과 거의 손상되지 않은 지혜로 이겨냈다.
어떤 것은 이해가 가지 않았고, 또 어떤 것은 줄창 마음에 품을 수가 없었다. 한 가지 기꺼운 일은 여인네처럼 불 가에 있어야 했던 혈족 거주지의 숨 막히는 어둠 속에서 빠져나온 것이었다. 그것만은 명확했다. 그는 살아 있는 사람 중 그 누가 태어나기도 전에 지어져 같은 곳에 변함없이 굳건한 모습으로 서 있는 이 도시, 돌이 깔렸고 햇빛이 들며 바람에 노출된 이 외인 도시를 좋아했다. 언제나 그랬다. 테바보다 훨씬 잘 지어진 도시였다. 테바에 대해서는 납득할 수 없는 때도 있었다. 그는 때로 고함 소리와 불타는 지붕, 난도질당하고 내장이 비어져 나온 아들과 손자들의 시체를 기억했다. 때로는 기억하지 않았다. 그에게 있어 살아남고자 하는 의지는 너무나 강력했다.
다른 난민들은 띄엄띄엄 흩어져서 들어왔고, 이미 약탈당한 북부 거울 도시에서 온 사람들도 있었다. 이제 외인의 도시 안에 있는 월드의 종족은 다 합쳐서 300여 명이었다. 약한 입장에 선다는 것, 소수가 된다는 것, 천한 것들의 자비에 기대어 산다는 것은 너무나 이상한 일이었고 테바 사람들 중에서도 특히 중년의 남자들 사이에는 그것을 견뎌내지 못하는 이들도 있었다. 그들은 게신 기름을 문질러 바른 사람들처럼 홍채가 위축된 눈을 하고 다리를 꼬고는 망아 상태에 든 채 앉아 있었다. 거리에서나 테바의 화톳불 옆에서 가족 남자들이 고깃덩이로 저며지는 모습을 본 여자들, 혹은 아이들을 잃은 여자들도 비탄으로 앓아눕거나 망아 상태에 빠졌다. 허나 월드에게는 테바 인들의 세계가 무너진 것도 스러지는 삶의 한 부분일 뿐이었다. 스스로 죽음으로 가는 길을 한참 지나온 것을 아는 그는 매일을, 그리고 인간이든 외인이든 그보다 젊은 치들 모두를 자비로운 눈으로 보았다. 싸움을 계속해야 하는 건 그들이었다.

북쪽 모래 언덕 위 하늘이 흐릿하기는 했지만 햇빛은 돌 길 위에 빛나고 색칠한 집 앞면을 밝게 비추었다. 커다란 광장 안, 인간들의 숙박지인 극장이라는 건물 앞에서 월드는 한 외인에게 인사를 받았다. 그는 시간이 조금 걸려서 겨우 자콥 아가트라는 것을 알아보고 낄낄거리며 말했다.

"알테라! 그대는 잘생긴 친구였는데. 지금은 앞니 빠진 편멕 샤면 같구먼. 그……."

그녀의 이름이 생각나지 않았다.

"내 혈족 여인은 어디 있나?"

"제 집에 있습니다."

"부끄러운 일이군."

월드는 이 말이 아가트의 감정을 상하게 했는지 어떤지 상관하지 않았다. 물론 이제는 아가트가 그의 주인이자 지도자였지만, 천막이나 집 안에 첩을 두는 것이 부끄러운 일이라는 사실에는 변함이 없었다. 외인이든 아니든 아가트는 기본적인 체면을 생각해야 했다.

"롤레리는 제 아내입니다. 그게 부끄러운 일인가요?"

"제대로 못 들었네. 귀가 늙어서."

월드는 신중하게 말했다.

"롤레리는 제 아내입니다."

월드는 고개를 들어 처음으로 아가트와 정면으로 눈을 마주쳤다. 월드의 눈은 겨울 태양처럼 흐릿한 노란빛을 띠었고, 비스듬한 눈꺼풀 아래에 흰빛이라고는 보이지 않았다. 검은 얼굴에 보이는 아가트의 눈은 홍채나 눈동자나 할 것 없이 검었고 한쪽 구석이 희었다. 지상의 것이라 할 수 없는 이상한 눈이었다.

월드는 눈을 돌렸다. 사방에 깨끗하고 밝고 고색창연한 외인의 큰 돌집들이 햇빛을 받으며 서 있었다.

그는 한참 있다가 겨우 말했다.

"외인이여, 나는 그대들로부터 한 아내를 얻었소. 하지만 그대들 쪽에서 내 여인을 얻으리라고는 생각지도 못했구려……. 월드의 딸이 거짓 인간과 결혼하여 자식 하나 얻지 못하다니……."

"애통해하실 이유는 없습니다."

젊은 외인은 바위처럼 단단하게 말했다.

"월드, 저는 당신과 동등한 사람입니다. 나이만 빼고는 모든 면에서 같지요. 당신은 한 번 외인 아내를 얻었습니다. 이제는 외인 사위를 얻은 것이고요. 하나를 원했다면 다른 것도 받아들이실 수 있을 겁니다."

"쉽지 않소." 노인은 간단명료하게 대꾸했다. 잠시 침묵이 흘렀다. "우리는 동등하지 않소, 자콥 아가트. 내 동족들은 죽거나 다쳤소. 당신은 족장이며 주인이요. 나는 아니오. 하지만 나는 인간이고 당신은 아니지. 우리 둘 사이에 무슨 비슷한 점이 있소?"

"최소한 악의와 혐오감은 없지요."

아가트는 여전히 흔들리지 않고 말했다.

월드는 아가트 옆을 쳐다보았고 마침내 천천히 어깨를 으쓱이는 것으로 동의했다.

"좋아요. 그럼 함께 죽을 수 있겠군요."

외인은 그렇게 말하며 느닷없이 웃음을 터뜨렸다. 외인은 도무지 언제 웃을지 알 수가 없는 일이었다.

"최고 연장자님, 가알은 몇 시간 안에 공격해 올 겁니다."

"몇 뭐……?"

"곧 온다는 얘깁니다. 아마도 해가 중천에 뜨면요."

그들은 텅 빈 광장 옆에 서 있었다. 발치에 가벼운 원반 하나가 버려져 있었다. 아가트는 원반을 집어 들더니 별 생각 없이 아이처럼 광장 저편으로 집어던졌다. 그는 원반이 떨어지는 광경을 바라보며 말했다.

"우리 하나당 스무 명 정도 숫자입니다. 그러니까 놈들이 성벽을 넘거나 성문을 통과하면……, 가을에 태어난 아이들과 아이들의 어머니를 모두 '바위'로 보내려 합니다. 도개교를 들어올리면 안으로 들어갈 방법이 없고, 500명이 한 월기 동안 버틸 만한 물과 식량을 갖추고 있지요. 여인들과 함께 남자도 몇 명 있어줘야 합니다. 어린 아이를 데리고 있는 여인들과 남자 서넛을 골라 데려다 주시겠습니까? 그들에겐 족장이 있어야 해요. 이 계획이 괜찮아 보이시는지요?"

"좋군. 하지만 난 여기 남겠소."

"좋습니다, 최고 연장자님."

아가트는 흉터가 남은 거친 얼굴에 아무 표정도 떠올리지 않고, 아무 항의도 흔들림도 없이 대답했다.

"여인과 아이들과 함께 갈 남자들을 골라주세요. 어서 가야 합니다. 우리 쪽은 켐퍼가 데려갈 겁니다."

"내 그들과 함께 가겠소."

월드는 아까와 똑같은 말투로 말했고, 아가트는 약간 당황하는 것 같았다. 그러니까 그를 당황시키는 것도 가능하기는 한 일이었다. 그러나 아가트는 덤덤히 동의했다. 당연하게도 아가트가 월드에게 보이는 경의는 어디까지나 예의상의 겉치레였다. 무슨 이유가 있어 패배한 부족 사이에서도 더 이상 족장으로 인정받지 못하는, 죽어가는 남자를 존경하겠는가? 그렇다고는 하지만 그는 월드가 아무리 미련하게 대답하더라도 공손하게 대했다. 그런 남자는 많지 않았다. 노인은 히죽 웃으며 아가트의 어깨를 짚었다.

"나의 주인, 내 사위, 나와 닮은 이여, 나를 원하는 곳으로 보내시게나. 할 수 있는 일이라곤 죽는 것뿐, 나는 더 이상 쓸모가 없다네. 그 검은 바위는 죽기에는 나쁜 곳으로 보이네만 자네가 원한다면 그리로 가지……."

"아무튼 여자들과 같이 머물 남자를 몇 명 보내세요. 여자들이 겁먹고 정신을 잃지 않게 해줄 만한 침착한 남자들로요. 저는 육지 쪽 성문으로 올라가 봐야 합니다. 같이 가시겠습니까?"

아가트는 유연하고 빠른 걸음으로 사라졌다. 월드는 가벼운 색깔의 외인 금속 창에 기대어 천천히 길과 계단을 올랐다. 하지만 그는 반쯤 가다가 걸음을 딱 멈추고, 돌아가서 아가트 말대로 젊은 어미들과 아이들을 섬으로 보내야 한다는 사실을 깨달았다. 그는 돌아서서 내려가기 시작했다. 돌 위에 질질 끌리는 발을 보며 그는 아가트의 뜻에 복종하여 여자들과 함께 검은 섬으로 가야 한다는 사실을 실감했다. 이곳에서는 방해만 될 뿐이다.

밝은 길거리에는 어딘가로 달려가는 외인 한둘밖에는 보이지 않았다. 외인들은 모두 제 위치와 임무를 맡았거나 맡을 채비를 차리고 있었다. 테바의 씨족원들이 대비를 했더라면, 그들이 북쪽으로 행진해 가서 가알과 맞닥뜨렸더라면, 아가트처럼 다가올 시간을 내다보았더라면……. 외인을 주술사 족속이라 부르는 것도 무리가 아니었다. 하지만 그들이 행진하지 못한 것은 아가트의 잘못이었다. 동맹군 사이에 여자가 끼어들게 했으니. 딸아이가 아가트와 다시 말을 나눈 것을 알았더라면 월드가 직접 천막 뒤에서 그 아이를 죽여 바다에 던졌을 것이고, 그랬더라면 테바는 아직 서 있었을지도 모른다……. 그 아이가 높은 돌집에서 나오더니 월드를 보고 조용히 섰다.

그는 딸이 결혼한 여자처럼 머리를 뒤로 묶기는 했지만 아직도 그의 혈족을 표시하는 세 잎 하루살이꽃 문장을 수놓은 가죽 튜닉과 반바지를 입고 있다는 사실을 눈여겨보았다.

그들은 서로의 눈을 똑바로 보지 않았다.

딸은 입을 열지 않았다. 결국 월드가 말했다. 지난 일은 지난 일이고, 이미 아가트를 "사위"라 불렀으니…….

"혈족이여, 검은 섬으로 가느냐, 아니면 이곳에 남느냐?"

"저는 여기에 있을 거예요, 최고 연장자님."

"아가트가 날 검은 섬으로 보내는구나."

그는 피 묻은 모피를 두르고 차가운 햇빛을 받으며 서서 뻣뻣한 몸을 들어 창에 기대며 약간 애매하게 말했다.

"아가트는 아마 아버님이나 우막수만이 이끌지 않으면 여자들이 가지 않을까 봐 걱정하는 걸 거예요. 그런데 우막수만은 우리 전사들을 이끌고 북쪽 벽을 수비하니까요."

딸아이는 경솔함과 막연하고 사랑스럽던 무례함을 다 잃어버렸다. 지금 딸아이는 끈질기면서도 온순했다. 그는 느닷없이 어린아이였을 때의 그녀를 생생하게 떠올렸다. 여름에 난 아이, 샤카타니의 딸, 온 여름 초지에 하나뿐이던 어린 것.

"그러니까 네가 알테라의 아내란 말이지?"

말을 하면서 잘 웃고 엉뚱하던 어린아이의 기억 위에 이 생각이 얹혀 다시 혼란스러워졌다. 그래서 그는 딸의 대답을 듣지 못했다.

"한데 약탈당할 가능성이 없다면 왜 도시 안에 있는 사람 모두가 그 섬으로 가지 않는 게냐?"

"물이 충분치 않아요, 최고 연장자님. 그랬다간 가알이 이 도시를 차지할 것이고 우린 바위에 갇혀 죽는 거죠."

그는 연맹 회당의 지붕 너머로 돌길을 흘긋 볼 수 있었다. 밀물이 들어와 있었다. 섬 요새의 검은 어깨 위로 파도가 빛났다.

그는 무겁게 말했다.

"바닷물 위에 지은 집은 인간을 위한 집이 아니야. 바다 밑 땅에 너무 가까워……. 들어봐라, 내가 아릴라에게……, 아니 아가트에게 하려던 이야기가 있었는데. 가만. 그게 뭐였는지 잊어버렸구나. 내 마음의 소리도 들을 수가 없어……."

곰곰이 생각했지만 아무것도 떠오르지 않았다.

"아무러면 어떠냐. 늙은이의 생각이란 쓸모없는 것. 잘 있어라, 딸아."

그는 다시 걸음을 옮겨, 발을 질질 끌고 멈칫거리며 광장을 가로질러 극장으로 향했고, 젊은 어미들에게 아이를 챙겨 따라오라 일렀다. 그리고 그는 겁먹은 여인들과 울어대는 어린아이들, 그리고 그가 골라낸 세 명의 젊은이로 이루어진 마지막 행렬을 이끌고 현기증 나게 크고 높은 길을 지나 검고 무시무시한 집으로 향했다.

그곳은 춥고 조용했다. 둥근 천장의 저장실들엔 아래쪽 바위를 핥고 물어뜯는 바다 소리 말고는 아무 소리도 들리지 않았다. 그의 동족은 커다란 방 한 곳에 한데 모였다. 그는 늙은 커를리가 있었으면 하고 바랐다. 커를리가 있다면 도움이 될 텐데. 하지만 커를리는 테바 아니면 숲 속에 죽어 누워 있었다. 결국 당찬 여인 몇이서 나머지를 재촉하여 브한 요리를 만드는 데 필요한 곡식과 끓일 물, 물을 끓이는 데 쓸 장작을 찾아내었다. 덕분에 외인 여인과 아이들이 열 명의 호위를 데리고 도착하자 테바 사람들이 뜨거운 음식을 내놓을 수 있었다. 이제 요새 안은 오륙백 명의 사람들로 꽉 찼고, 요새 안 여기저기에 목소리가 메아리치고 어디에나 아이들이 발에 채였다. 거의 겨울 도시 안 혈족 거주지에 여인들과 같이 있는 것 같았다. 하지만 좁은 창으로 바람을 막아주는 투명한 돌 너머를 내려다보면 저 아래 바위를 들이받고 바람결에 흩어지는 파도가 보였다.

바람의 방향이 바뀌고 북쪽 하늘을 가리던 흐린 기운이 안개로 바뀌어 작고 희미한 태양 주위에 크고 희미한 고리가 생겼다. 눈 고리였다. 아가트에게 하려던 말이 바로 그것이었다. 눈이 내릴 것이라는 말을 하려고 했는데. 지난번처럼 잠깐 뿌리는 소금 같은 눈이 아니라 진짜 겨울

늙은족장 **119**

눈이 올 것이다. 폭설이……. 너무나 오랫동안 듣지도 하지도 않은 말이라 낯설게 느껴졌다. 그렇다면 죽음을 맞이하기 위해 어린 시절의 황량하고 변화 없는 풍경을 가로질러 돌아가야 하는 것이다. 눈보라 몰아치는 흰 세계로 다시 들어가야 한다.

그는 창가에 가만히 서 있었지만, 시끄러운 파도를 보고 있지는 않았다. 그는 겨울의 기억을 돌이키고 있었다. 가알은 테바를 손에 넣어 많은 것을 얻었을 것이고, 랜딘을 빼앗아도 그럴 것이다. 오늘과 내일, 한과 곡식으로 잔치를 벌이겠지. 하지만 눈이 내리기 시작하면 얼마나 갈 수 있겠는가? 진짜 눈이, 숲을 평평하게 만들고 계곡을 가득 채우는 폭설이 내리면, 그리고 그 뒤를 따라 더 모진 바람과 추위가 오면 말이다. 겨울이라는 적이 따라오면 달음질을 치겠지! 놈들은 북쪽에 너무 오래 머물렀다. 윌드는 느닷없이 큰 소리로 킬킬거리고 어두워가는 창에서 돌아섰다. 그는 족장의 지위를 잃고, 아들들이 죽고, 쓸모가 없어진 뒤에도 살아남아 여기 바다 속 바위에서 죽어야 했다. 하지만 그에게는 위대한 동맹자가 있었다. 아가트보다도, 다른 어느 누구보다도 강력한 전사들이 있었다. 폭풍과 겨울이 그를 위해 싸워줄 것이고, 그는 적들보다 오래 살아남을 것이었다.

그는 무거운 몸을 끌고 화톳불 옆으로 걸어가, 게신 주머니를 끌러 작은 조각을 석탄 위에 떨어뜨리고 숨을 세 모금 깊이 들이마셨다. 그러고 나서 큰 소리로 외쳤다.

"여자들! 밥은 준비된 게냐?"

그들은 유순하게 밥을 갖다 바쳤고, 그는 흡족하게 먹었다.

11 도시 포위

포위 첫날 내내 롤레리가 한 일은 다른 이들과 함께 성벽과 지붕 위에 있는 남자들에게 던질 창을 공급하는 것이었다. 여기에서 말하는 창이란 몇 파운드 무게에, 한쪽 끝을 길고 뾰족하게 자른 조잡하고 다듬지 않은 혼나무 조각이었다. 잘만 겨누면 상대를 죽일 수도 있었고, 숙련되지 않은 손으로라도 한꺼번에 던지면 구부러진 육지 쪽 성벽에 사다리를 놓고 오르려 하는 가알 무리를 저지할 수 있었다. 롤레리는 이런 창 묶음을 가지고 끝없는 층계를 올랐고, 어떤 층계에서는 줄줄이 늘어선 사람들 중 하나가 되어 창을 전달했으며, 창 꾸러미를 들고 바람 부는 거리를 달리기도 했다. 아직도 양손에 머리카락 굵기의 따끔따끔한 가시가 빽빽하게 박혀 있었다. 하지만 이날 새벽부터는 육지 쪽 성문 안에 설치해 놓은 커다란 투석기에 쓸 돌을 날랐다. 가알이 충각기를 들고 성문 쪽으로 몰려오면 휭 소리를 내며 날아간 돌덩이가 떨어지며 무리를 흩어놓고 또 흩어놓았다. 하지만 이 투석기들을 계속 돌리려면 엄청난 돌 더미가 필요했다. 사내아이들은 근처 길의 포장돌을 계속 들어올렸고, 롤레리를 비롯한 여자들은 둥근 다리가 달린 작은 상자에 여덟에서 열 개의 돌을 넣어 투석기에서 일하는 남자들에게 날라다 주었다. 여자 여덟 명이 밧줄을 걸머지고 함께 상자를 끌었다. 움직임 없는 돌 더미로 무거워진 상자는 움직일 줄을 모르는 듯 보였지만, 모두가 끌어당기자 갑자기 둥근 다리가 돌았고, 그들은 삐걱이고 덜컹거리는 소리를 뒤에 남기며 젖 먹던 힘까지 다하여 언덕 위 성문까지 내달려 돌을 쏟아내고, 잠시 그곳에 서서 숨을 헐떡이며 눈을 가린 머리카락을 걷어낸 다음 덜커덕거리는 빈 수레를 끌고 돌아갔다. 그들은 오전 내내 이 일을 했다. 돌과 밧줄 때문에 굳은살이 배겼던 손에 물집이 잡혔다. 롤레리는 얇은 가죽 치마를 네모나게 뜯어 손바닥에 대고 샌들 끈으로 묶었다. 꽤 도움이 되었고, 다른 이들도 그녀를 따라 했다.

"당신들이 엘카 만드는 법을 잊지 않았더라면 좋았을 텐데요."

그녀는 커다란 수레를 덜커덕거리며 거리를 달려 내려가다가 한 번 세이코 에스밋에게 외쳤다. 세이코는 대꾸하지 않았다. 어쩌면 듣지 못했는지도 몰랐다. 세이코는 이 험한 일을 끈질기게 수행했다. 외인 중에는 연약한 이가 없는 것 같았지만, 그들을 내리누르는 긴장감은 세이코에게 특히 강한 영향을 발휘했다. 세이코는 몰아지경에 든 사람처럼 일했다. 한번은 그들이 성문에 가까이 가는데 가알이 불붙은 나뭇조각을 던지기 시작, 연기가 피어오르는 조각이 돌과 타일 지붕에 떨어졌다. 불붙은 조각들이 머리 위로 떨어지자 세이코는 덫에 걸린 짐승처럼 밧줄을 건 채 발버둥을 쳤다.

"그들은 떠날 것이고, 이 도시는 불타지 않을 거예요."

롤레리는 부드럽게 말했지만, 세이코는 그녀를 쳐다보지도 않으며 얼굴을 돌리고 말했다.

"난 불이 무서워요, 불이 무서워……."

하지만 성벽 위 좁은 선반 위에 서 있던 젊은 사수가 가알의 새총에 얼굴을 맞고 뒤로 밀리면서 그들 옆으로 떨어져 밧줄을 걸머진 여인 두 명을 쓰러뜨리고 그들의 치마에 피와 뇌수를 튀겼을 때, 그에게 달려가 뭉개진 머리를 무릎에 올리고 작별 인사를 한 것도 세이코였다.

"당신 혈족이었나요?"

롤레리는 세이코가 밧줄을 다시 잡자 함께 움직이면서 물었다. 알테라 여인은 말했다.

"이 도시에 있는 사람은 모두 혈족이에요. 제일 젊은 평의원 존켄디리였어요."

대광장 안 경기장에서 땀과 승리로 반짝이며 도시 안에서 가고 싶은 곳은 어디든 가도 좋다고 말해 주었던 젊은 레슬러였다. 그녀에게 말을 건 최초의 외인.

그녀는 어제 전날 밤 이후 자콥 아가트를 보지 못했다. 랜딘에 남은 사람은 인간이든 외인이든 할 일과 맡은 장소가 있었고, 1500명으로 1만 5000의 군대에 대항하여 도시를 지켜야 하는 아가트는 사방팔방을 뛰어다녔다. 날이 저물어가고 피로와 굶주림에 힘이 빠지자 롤레리의 눈에 또 하나의 주된 공격 거점인 벼랑 위 바다 문 아래 피 묻은 돌 위에 대 자로 뻗은 아가트의 모습이 어른거리기 시작했다. 롤레리와 일하던 무리는 일을 멈추고 쾌활한 젊은이가 둥근 다리가 달린 보급 수레에 담아온 빵과 말린 과일을 먹었다. 심각한 얼굴의 어린 처녀가 물주머니를 질질 끌고 다니며 마실 물을 나눠주었다. 롤레리의 심장에 온기가 돌아왔다. 그녀는 모두가 죽을 것이라고 생각했다. 지붕 위에 올라가 구릉 지대를 까맣게 메운 적을 보았기에. 그들의 무리는 끝이 없었고, 포위 공격은 이제 겨우 시작이었다. 동시에 그녀는 아가트가 죽을 리 없다고 확신했고, 그가 살아 있다면 그녀도 산다고 생각했다. 죽음이 감히 그를 어쩐단 말인가? 그는 생명이었다. 그녀의 삶이었다. 그녀는 자갈 깔린 길바닥에 편히 앉아 딱딱한 빵을 씹었다. 부상, 강간, 고문과 참사가 사방을 에워쌌지만 그녀는 그곳에 앉아 빵을 씹었다. 지금처럼 온 힘과 온 마음을 다해 맞붙어 싸우는 한, 다른 것은 몰라도 두려움이 침범할 자리는 없었다.

하지만 오래지 않아 지독한 시기가 닥쳤다. 덜거덕거리는 짐을 끌고 성문으로 향하던 도중, 성문 밖에서 믿을 수 없을 만큼 큰 고함 소리가 오르며 모든 소리를 삼켜버렸다. 귀로 들은 게 아니라 뼈에 느껴진다고 할 만큼 깊고 큰, 지진의 굉음 같은 노호였다. 그리고 문이 부르르 떨리며 강철 돌쩌귀 위로 튀어 올랐다. 그녀는 그 순간 짧게 아가트를 보았다. 그는 도시의 낮은 구역에서부터 활과 다트 총 사수들을 잔뜩 이끌고 달려오고 있었고, 달리면서 차례차례 성벽 위에 있는 이들에게 지시 사항을 외쳤다.

여자들은 도시 중심에 가까운 거리로 피하라는 명령을 받고 모두 흩어졌다. 호, 호, 호! 육지 문에서는 수많은 목소리가 하나가 되어 외쳤고, 그 소리가 어찌나 큰지 구릉 지대가 직접 고함을 지르며 몸을 일으켜 벼랑 위에 선 도시를 흔들어서 바다 속에 처넣을 것만 같았다. 바람은 춥고 매서웠다. 롤레리와 일하던 무리는 모두 혼란에 빠져 흩어졌다. 손댈 일이 없어졌다. 어두워지고 있었다. 아직 날이 저물어 어둠이 깔릴 시간이 아니었다. 그녀는 돌연 자신이 정말로 죽을 것이라는 점을 깨닫고, 자신의 죽음을 믿었다. 그녀는 높고 텅 빈 집들 사이, 텅 빈 거리에 가만히 서서 소리 없이 비명을 질렀다.

골목길에서는 몇 명의 소년들이 성문을 보강하고 중앙 광장으로 들어가는 네 갈래 큰 길에 쌓인 바리케이드를 높이는 데 쓰기 위해 돌을 깨내어 나르고 있었다. 그녀는 몸을 덥히고 무엇이든 계속 하기 위해 그들에게 합류했다. 대여섯 명의 소년들은 말없이 그들에겐 너무 버거운 일에 힘을 썼다.

"눈이에요."

가까이 있던 아이 하나가 손을 멈추고 말했다. 롤레리는 한 발짝씩 움직여 가며 거리 아래로 밀던 돌에서 눈을 들었고, 앞에서 빙글빙글 도는 하얀 눈송이를 보았다. 떨어지는 눈송이는 점점 많아졌다. 그들은 모두 꼼짝 않고 섰다. 이제는 바람이 불지 않았고, 성문에서 오르던 무시무시한 목소리도 잦아들었다. 눈과 어둠이 함께 찾아오며 정적을 가져왔다.

"저기 좀 봐요."

한 소년이 감탄에 찬 목소리로 말했다. 벌써 길 저쪽 끝이 보이지 않았다. 가물가물한 노란 불빛은 한 블록밖에 떨어지지 않은 연맹 회당에서 흘러나오고 있었다.

다른 소년이 말했다.

"저런 건 겨울 내내 봐야 할 거야. 그만큼 산다면 말이지만. 가자! 회당에서 저녁 식사를 나눠주고 있을 거야."

"같이 갈래요?"

제일 어린 소년이 롤레리에게 물었다.

"내 동족들은 극장에 있을 텐데."

"아뇨. 일을 덜기 위해 모두 다 회당에서 먹어요. 가죠."

사내아이들은 부끄러움이 많고 무뚝뚝했으나 우호적이었다. 그녀는 그들과 함께 갔다.

밤은 일찍 왔고, 낮은 늦게 왔다. 그녀는 아가트의 집에서, 그의 곁에서 깨어났고 유리창을 감춘 셔터를 뚫고 어슴푸레하게 새어 들어와 회색 벽에 맺힌 잿빛을 보았다. 모든 것이 잠잠했다. 너무나 잠잠했다. 집 안이나 밖이나 소리라곤 들리지 않았다. 어떻게 포위당한 도시가 이렇게 조용할 수 있을까? 하지만 포위와 가알은 이 기묘한 새벽의 침묵과 한참 멀리 떨어진 일 같기만 했다. 이곳은 따뜻했고, 곁에 누운 아가트는 곯아떨어진 채였다. 그녀는 가만히 누워 있었다.

아래층에서 쾅쾅 문을 두드리는 소리가 나고 사람 목소리가 들렸다. 마법은 풀렸다. 완벽한 순간은 지나가 버렸다. 그들은 아가트를 부르고 있었다. 그녀는 그를 깨웠다. 힘든 작업이었다. 그는 아직도 졸음에 겨워 눈을 뜨지 못한 채 일어서서, 창문과 셔터를 열고 낮의 햇살을 안으로 들였다.

포위 셋째 날, 폭설 첫날이었다. 눈은 거리에 발 하나 길이만 한 깊이로 쌓였고 지금도 험악한 북풍에 흩날리며 소리 없이 떨어졌다. 쏟아져 내리다 한 번씩 평온하게 내리기도 했다. 눈은 모든 것을 침묵시키고 바꿔놓았다. 언덕도 숲도 들판도 사라졌다. 하늘도 없었다. 근처 지붕마루는 온통 흰색이었다. 떨어진 눈과 떨어지는 눈으로 아무것도 볼 수가 없었다.

서쪽에서는 바닷물이 고요한 폭풍 속으로 물러났다. 돌길은 꺾어져 허공 속으로 사라졌다. '바위'를 볼 수가 없었다. 하늘도, 바다도 없었다. 눈은 모래톱을 감추며 검은 벼랑 위로 내렸다.

아가트는 창을 닫고 덧문을 내린 다음 그녀에게 돌아섰다. 아직도 졸음에 겨워 눈이 풀려 있었고 중얼거리는 목소리는 쉬어 있었다.

"떠났을 리가 없어요."

밖에서 그를 부르는 사람들이 "가알이 떠났어요. 물러났다고요. 남쪽으로 가고 있어요······."라고 외치고 있었다.

확인은 불가능했다. 폭설로 랜딘의 성벽에서는 아무것도 볼 수 없었다. 하지만 폭풍 속으로 조금만 더 가면 비바람에 노출된 천막이 천 개 있거나 아무것도 없을 것이다.

정찰병 몇 명이 밧줄을 타고 성벽을 내려갔다. 세 명이 돌아와서 말하기를, 산등성이를 올라 숲까지 갔으나 가알은 없었다고 했다. 하지만 그들은 100야드 거리에서 도시가 보이지 않아 돌아와야 했다. 한 명은 아예 돌아오지 않았다. 붙잡힌 것일까, 아니면 폭설 속에 길을 잃었을까?

알테라들은 회당 도서실에 모였다. 관습에 따라 누구든 원하는 시민은 와서 그들의 말을 듣고 함께 고민했다. 알테라 평의회는 이제 열 명이 아니라 여덟 명이었다. 존켄디 리와 하리스, 가장 젊은 의원과 가장 나이 많은 의원 두 명이 죽었다. 필롯손은 경비를 서고 있었으므로 참석한 사람은 일곱뿐이었다. 하지만 방은 조용히 귀를 기울이는 사람들로 북적였다.

"떠나지 않았어······. 도시 가까이에 있지는 않아. 몇, 몇 명은······."

알라 파스팔이 탁한 목소리로 말했다. 목에 맥박이 뛰는 모습이 보였고 얼굴은 진흙 빛이었다. 알라 파스팔은 외인 중에서 마음듣기라는 기술에 가장 능통했다. 다른 누구보다도 먼 거리에서 사람들의 생각을 들을 수 있었고, 자신이 듣고 있다는 사실을 모르게 하면서 한 사람의 마음에 귀 기울일 수 있었다.

'그건 금지되어 있어요.' 오래전, 아니 일주일 전인가? 그때 아가트는 그렇게 말했고, 가알이 랜딘 근처에 진을 치고 있는지 알아내 보자는 이번 시도에도 반대했다.

도시포위 127

"우리는 한 번도 법을 깨뜨린 적이 없어요. 유배 기간 내내 한 번도. 눈이 그치면 바로 가알이 어디에 있는지 알 수 있습니다. 그동안은 계속 지켜보면 되고요."

하지만 다른 사람들은 그의 말에 찬성하지 않았고 그의 의지를 꺾었다. 롤레리는 아가트가 물러나 다른 사람들의 선택을 받아들이는 것을 보고 혼란스러워했다. 그는 왜 그래야 하는지 설명해 주려 노력했다. 그는 자신은 도시나 평의회의 장이 아니며, 열 명의 알테라는 함께 뽑히고 함께 통치한다고 말했지만 롤레리에게는 말도 안 되는 이야기였다. 지도자면 지도자고 아니면 아닌 것이다. 그리고 그가 지도자가 아니라면 그들은 진다.

늙은 여인이 초점이 맞지 않는 눈으로 몸부림을 쳤고, 낯선 언어로 생각하는 낯선 이들의 마음을 살짝 엿본 내용을 언어로 표현하려 애썼다. 알라의 마음이 다른 존재의 손길이 닿은 무엇인가를 짧게 움켜쥐었다. 알라는 더듬거리며 말했다.

"나는 잡아…… 잡고 있어…… 선…… 밧줄……."

롤레리는 두려움과 혐오감에 몸을 떨었다. 아가트는 몸을 움츠리고 알라에게서 돌아앉았다.

알라는 마침내 잠잠해졌고, 한참 동안 고개를 수그리고 앉아 있었다.

세이코 에스밋이 일곱 명의 알테라와 롤레리에게 의식용의 작은 잔으로 '차'를 따라주었다. 각각은 잔에 살짝 입술만 대고 동료 시민에게 건네주었으며, 그 사람은 다시 다른 사람에게로 잔이 빌 때까지 돌렸다. 롤레리는 받아 마시고 넘기기 전에 아가트가 건네준 잔을 넣 놓고 들여다보았다. 깨지기 쉬운 푸른색 도자기는 보석처럼 빛을 통과시켰다.

알라 파스팔은 황폐한 얼굴을 들고 큰 소리로 말했다.

"가알은 떠났어. 그들은 지금 두 영역 사이 골짜기에서 움직이고 있다. 확실해."

누군가가 중얼거렸다.

"길른 계곡이군요. 습지에서 10킬로미터 남쪽입니다."

"그들은 겨울을 피해 도망치고 있어. 도시의 성벽은 안전해."

"하지만 법은 깨어졌지요."

아가트는 희망과 환희로 웅성이는 사람들의 목소리를 냉혹하게 잘랐다.

"성벽은 수리할 수 있겠군요. 두고 보지요……."

롤레리는 아가트와 함께 계단을 내려가서 커다란 집회실을 통과했다. 지금은 그 방의 금빛 시계들과 태양 주위를 도는 수정 행성들 밑에 공동 식당이 마련되어 있었기 때문에 탁자와 가대가 가득했다.

"집에 갑시다."

그는 그렇게 말했고, 그들은 옛 회당 밑에 있는 저장실에서 모두에게 나누어준 두건 달린 털외투를 여미고 함께 광장으로 나갔다. 눈을 뜰 수 없을 만큼 바람이 불었다. 그들이 열 걸음도 채 옮기지 않았을 때, 폭설 속에서 새하얗게 눈을 뒤집어쓴 위에 붉은 줄이 이리저리 간 괴상한 존재가 튀어나오며 외쳤다.

"바다 쪽 성문에, 놈들이 성벽 안으로 들어왔다. 바다 문에……."

아가트는 롤레리를 한 번 돌아보고 폭풍 속으로 달려갔다. 곧 머리 위 탑에서 금속과 금속이 부딪는 소리가 눈에 묻혀 둔중하게 울려 퍼졌다. 사람들은 이 엄청난 소리를 '종'이라고 불렀고, 포위 공격이 시작되기 전 모두가 신호를 배워두었다. 네 번, 다섯 번 치고 정적, 다시 다섯 번, 다시 다섯 번. 남자들은 모두 바다 문으로, 바다 문으로……."

롤레리는 사람들이 쏟아져 나오기 전에 전령을 끌고 길에서 벗어나 연맹 회당의 아치 문 아래로 피했다. 건물에서는 더러는 무장을 하고 더러는 하지 못한 남자들이 외투를 꿰어 입으면서, 혹은 입지도 않은 채 달려나와 롤레리가 광장을 가로지르기도 전에 눈보라 속으로 사라졌다.

더 이상 오는 사람은 없었다. 롤레리는 바다 문 쪽에서 나는 소리를 들을 수 있었다. 바람과 눈을 뚫고 들려오는 소리가 굉장히 멀게 느껴졌다. 전령은 아치 문 아래 피난처에서 그녀에게 몸을 기댔다. 목에 깊은 상처를 입어 피를 흘리고 있었고, 롤레리가 받쳐주지 않으면 쓰러질 상태였다. 그녀는 그의 얼굴을 알아보았다. 필롯손이라는 알테라였다. 그녀는 그를 건물 안으로 데려가려고 안간힘을 쓰며 정신을 잃지 않도록 계속 그의 이름을 불렀다. 그는 약해진 몸으로 비틀거리면서 아직도 메시지를 전하려 애쓰는 듯 중얼거렸다. "놈들이 들어왔어. 놈들이 성벽 안으로……."

12 광장 포위

 높고 좁다란 바다 문이 쾅 소리를 내며 닫히고 빗장이 걸렸다. 폭설 속의 전투는 끝났다. 하지만 도시 주민들은 몸을 돌려 끊임없이 내리는 눈을 뚫고 거리에 쌓인 불그스름한 눈 더미 너머로 달리는 그림자들을 보았다.
 그들은 급히 시신과 부상자를 수습하여 광장으로 돌아갔다. 이런 눈보라 속에서는 아무도 사다리를 기어오르는 놈들을 막을 수 없었다. 양옆으로 15피트도 볼 수 없는 상황이었다. 한 놈, 혹은 한 무리의 가알이 경비병들의 코앞에서 숨어 들어와 공격 부대에게 바다 문을 열어주었고, 이 공격은 막아냈지만 언제 어디로든 더 많은 병력이 쳐들어올 수 있었다.
 우막수만은 아가트와 함께 '극장'과 '대학' 사이에 쳐진 바리케이드를 향해 걸어가며 말했다.
 "대부분의 가알은 오늘 남쪽으로 갔을 거요."

아가트는 고개를 끄덕였다.

"그럴 거요. 움직이지 않으면 굶어 죽을 테니. 지금 우리가 마주하고 있는 건 우리를 끝장내고 우리 식량으로 살 작정을 하고 뒤에 남은 일부 병력이에요. 수가 얼마나 될까요?"

원주민은 자신 없이 대답했다.

"성문에 있던 놈들은 1000명을 넘지 않았소. 하지만 더 있을지도 모르지. 그리고 놈들은 모두 성벽 안으로 들어올 거요……. 저기!"

우막수단은 눈보라의 막이 잠깐 걷히며 드러내준 거리에서 재빨리 몸을 움츠리는 그림자를 가리켰다.

"저쪽으로."

우막수만은 그렇게 중얼거리고 왼쪽으로 사라졌다. 아가트는 오른쪽에서 블록을 돌아 거리에서 다시 우막수만과 만났다.

"운이 없었어요."

"있었소."

테바 인은 짧게 말하고 조금 전까지만 해도 없었던 가알의 뼈 세공 도끼를 들어 보였다. 머리 위로는 회당 탑이 끊임없이 둔중한 종소리를 내보내고 있었다. 둘 하나, 둘 하나, 둘. 광장으로 후퇴하라, 광장으로 후퇴하라. 바다 문에서 싸운 사람들과 성벽과 육지 문을 순찰하던 사람들, 집에서 자고 있던 이들과 지붕 위에서 감시하려던 사람들 모두가 도시의 심장부인 광장으로 왔거나 오고 있었다. 사람들이 차례차례 바리케이드를 통과했다. 우막수만과 아가트도 마침내 그림자들이 뛰어다니는 거리에 머무는 것은 어리석은 짓임을 깨닫고 광장으로 향했다.

"갑시다, 알테라!"

우막수만은 아가트를 재촉했고, 아가트는 마지못해 안으로 들어갔다. 그의 도시를 적에게 내어주기란 견디기 힘든 일이었다.

이제 바람은 잦아들었다. 광장에 모인 사람들은 이따금씩 폭설이 일구어낸 기묘한 침묵 너머 내리는 눈 속으로 이어지는, 거리에서 유리창이 깨어지는 소리며 도끼로 문을 쪼개는 소리를 들을 수 있었다. 많은 집들이 잠기지 않은 채 남아 약탈자에게 넘어갔다. 눈을 그을 피난처는 생긴 셈이지만 놈들은 더 이상 아무것도 얻지 못할 것이었다. 식량은 벌써 일주일 전에 마지막 한 조각까지 이곳 공유지로 옮겨왔다. 광장 주위의 네 건물을 제외한 모든 건물로 이어지는 수도와 가스는 어젯밤에 차단했다. 랜딘의 여러 분수대는 고드름을 줄줄이 매달고 눈을 뒤집어쓴 채 말라 있었다. 곡물 창고와 저장소는 모두 땅 밑, 벌써 몇 세대 전에 옛 회당과 연맹 회당 밑에 파놓은 지하실 안에 있었다. 빛도 없이 텅 비어 차갑게 선 집들은 침입자들에게 아무것도 제공하지 않았다.

"놈들은 우리 가축 떼로 한 월기는 지낼 수 있을 거야. 한을 먹이지 않더라도 도살해서 고기를 말리면……."

연맹 회관의 문 바로 앞에서 아가트와 마주친 데르맛 알테라는 공포에 가득 차 비난을 퍼부었다.

아가트는 으르렁거리듯 대답했다.

"한을 잡기부터 해야 할걸."

"무슨 말이야?"

"몇 분 전, 바다 문에 있으면서 외양간 문을 열어 한을 풀어놓았다는 말이지. 나와 같이 있던 목동 파올이 공황 상태에 빠지게 했어. 녀석들은 총알처럼 뛰어나가 얼음 폭풍 속으로 사라졌지."

"한을, 한 떼를 풀어줬단 말이야? 남은 겨울은 어쩌고? 가알이 떠나면……."

아가트는 버럭 화를 내며 말했다.

"파올이 너도 공황 상태에 빠지게 했나, 데르맛? 우리가 우리 동물도 모으지 못할 거라고 생각하는 거야? 곡식 창고와 눈 곡식도 있고 사냥도 할 수 있는데 뭐가 문제야?"

"자콥."

세이코 에스밋이 두 사람 사이에 끼어들었다. 아가트는 그제야 데르맛에게 고함을 쳐대고 있었음을 깨닫고 마음을 추슬렀다. 하지만 바다 문에서의 방어전 같은 유혈 싸움에서 돌아와 사내자식이 히스테리나 부리는 것을 들어주기란 무척이나 힘든 일이었다. 머리가 깨어져 버릴 듯 아팠다. 가알 야영지를 습격하면서 머리에 입은 상처가 아직도 아팠다. 벌써 아물었어야 정상인데. 바다 문에서는 상처를 입지 않았지만 다른 이들의 피로 몸이 지저분했다. 눈발이 셔터를 닫지 않은 도서실 높은 창문들에 줄무늬를 그으며 속살거렸다. 정오인데 해 질 녘 같았다. 그 창문들 아래에 놓인 광장은 단단히 바리케이드를 쳐놓은 상태였다. 바리케이드 너머에는 버려진 집들, 방비 없는 성벽, 눈과 그림자의 도시가 펼쳐졌다.

포위 공격 넷째 날, 중심부로 퇴각한 첫날 그들은 바리케이드 안에 머물렀다. 그러나 눈발이 약간이나마 가늘어진 그날 밤 벌써 정찰 조가 대학 지붕을 넘어 밖으로 나갔다. 새벽녘에는 다시 폭설이 심해졌다. 아니 어쩌면 두 번째 폭설이 첫 번째에 따라붙었는지도 모른다. 랜딘의 남자와 사내아이들은 눈과 추위의 엄호 아래 자신들의 거리에서 게릴라전을 펼쳤다. 그들은 두셋씩 짝을 지어 나가서 그림자 속의 그림자가 되어 거리와 지붕과 방을 헤매 다녔다. 그들은 짧은 칼과 독 바른 다트, 볼로 나이프, 화살을 가지고 원래 자신들의 것인 집에 박차고 들어가 그곳에 몸을 피한 가알을 죽이거나, 거꾸로 죽임을 당했다.

높은 곳에 익숙한 아가트는 지붕에서 지붕으로 건너뛰는 놀이에서 가장 뛰어난 몇 명 안에 들었다. 눈 때문에 가파른 지붕 타일이 꽤 미끄러웠지만 가알에게 다트를 쏠 기회란 놓치기 싫은 것이었고, 길모퉁이에서 돌진하거나 집 안을 배회하는 다른 운동보다는 죽을 가능성도 적은 편이었다.

포위 여섯째 날, 폭설 넷째 날이 왔다. 이날의 눈발은 가늘고 듬성듬성했으며 바람에 이리저리 흩날렸다. 병원으로 쓰고 있는 옛 회당 지하 기록실에 있는 온도계에 따르면 바깥 기온은 영하 사 도였으며, 풍력계는 돌풍의 속력이 시간당 100킬로미터를 넘는다는 것을 보여주었다. 밖은 끔찍했다. 돌풍은 가느다란 눈을 자갈처럼 후려쳐 얼굴을 때리고, 모닥불을 피우느라 덧문을 뜯어내고 유리도 깨어진 창 안으로 휘몰아치고, 쪼개진 문 틈을 숭숭 통과했다. 광장을 둘러싼 네 건물을 제외하면 도시 안 어디에도 온기와 음식이 없었다. 가알은 텅 빈 방에 몰려 앉아 마루 한가운데에서 쪼개진 문과 덧문과 궤짝과 깔개를 태우면서 폭풍이 지나가기를 기다렸다. 그들에게는 비상식량도 없었다. 그나마 있는 식량은 모두 남하 본대가 가져갔다. 날씨만 바뀌면 사냥을 하고 이곳 주민들을 없애버리고 도시의 겨울용 저장 식량으로 살아갈 수 있을 것이다. 하지만 폭설이 계속되는 동안 침입자들은 굶주릴 수밖에 없었다.

쓸데없는 일이지만 그들은 돌길을 손에 넣었다. 연맹 탑에서 지켜보던 감시꾼들은 가알의 약탈 부대 하나가 머뭇거리며 '바위'로 향했다가 금세 비 오듯 쏟아지는 투창과 들어올린 도개교에 가로막히는 것을 보았다. 랜딘 벼랑 밑의 썰물 빠진 해변에 도전하는 놈은 얼마 없었다. 아무래도 밀물이 들어오는 것을 본 적이 있는데, 내륙인인 만큼 다음 밀물이 언제, 얼마나 자주 오는지 감을 잡지 못하는 듯했다. 그러니 '바위'는 안전했다. 숙련된 비언어 전문가들은 섬에 있는 몇몇 남녀와 접촉하여 그들이 잘 버티고 있다는 사실을 알아내고, 도시에서 불안해하는 아버지들에게 아픈 아이가 없다고 말해 주었다. '바위'는 괜찮았다. 하지만 도시는 파괴당하고, 침입을 받고, 점령당했다. 방어전에서 100명 이상의 시민이 목숨을 잃었고 나머지는 몇 채의 건물에 갇혔다. 눈과 그림자와 피의 도시 안에서.

자콥 아가트는 회색 벽으로 둘러싸인 방 안에 웅크려 앉았다. 찢어진 털가죽 깔개와 가는 눈이 들이치는 깨어진 유리밖에 없었다. 집 안은 조용했다. 저기 창문 아래 침상이 있던 자리에서 그와 롤레리가 하룻밤을 지냈고, 아침이 되자 그녀가 그를 깨웠었는데, 그는 졸지에 자기 집에 침입한 꼴이 되어 몸을 웅크린 채 씁쓸하면서도 부드러운 마음으로 롤레리를 생각했다. 열이틀 전이었던가, 지금은 멀게만 느껴지는 과거에 역시 이 방에서 그녀 없이는 살 수 없다고 말하기도 했건만, 지금은 낮에도 밤에도 그녀를 생각할 시간이 없었다. 그러니까 지금이라도 그녀를 생각하게 해줘. 최소한 생각이라도 하게 해줘. 그는 정적에 화를 내며 말했지만, 생각할 수 있는 것이라곤 그녀와 그가 잘못된 시기에 태어났다는 것뿐이었다. 잘못된 절기에 말이다. 죽음의 절기가 시작되는데 사랑을 시작할 수는 없는 법이다.

깨어진 창문으로 바람이 언짢은 듯한 휘파람을 불었다. 아가트는 부르르 몸을 떨었다. 몸이 얼지는 않았지만 온종일 따뜻하게 덥히지도 못했다. 기온은 계속 떨어졌고, 지붕 위 게릴라들은 노인들이 동상이라 부르는 증상으로 곤란을 겪었다. 계속 움직이면 좀 나을 것이었다. 생각은 아무 도움도 되지 않았다. 그는 평생 해온 습관대로 문으로 나가려다 멈칫하고 아까 들어온 창으로 향했다. 옆집 1층에 한 무리의 가알이 진을 치고 있었다. 창에 다가서자 한 놈의 등짝이 보였다. 그들은 새하얀 인종이었다. 머리카락은 송진인지 타르인지로 까맣게 물들이고 딱딱하게 굳혀놓았지만, 아가트가 있는 곳에서 내려다보이는 근육질의 숙인 목은 새하얀 빛이었다. 묘하지만 이제까지 그에겐 적을 제대로 볼 기회가 거의 없었다. 멀리에서 쏘거나, 때려눕히고 도망치거나, 아니면 바다 문에서처럼 너무 바싹 붙어서 너무 빠르게 싸우느라 볼 수가 없었다. 그는 가알의 눈도 테바 인들처럼 노랗거나 호박색일까 궁금했다. 전에는 회색일 거라고 생각했는데. 하지만 지금은 눈 색깔을 알아낼 때가 아니었다. 그는 창틀에 기어올라 박공 벽을 타고 지붕으로 올라가 집을 떠났다.

평소에 광장으로 돌아가던 길은 막혀 있었다. 가알도 지붕 위 놀이에 동참하기 시작한 것이다. 그는 재빨리 추적자들을 따돌렸지만, 하나 남은 추적자는 입으로 부는 다트 대롱으로 무장했을뿐더러, 다른 놈들은 멈출 때에도 족히 여덟 걸음은 떨어진 두 집 사이를 풀쩍 뛰어넘어 바싹 쫓아왔다. 아가트는 골목길로 뛰어내려 몸을 가누고 뛰어야 했다.

에스밋 거리 쪽 바리케이드를 지키고 서서 바로 이런 종류의 탈출에 대비하던 보초가 밧줄 사다리를 늘어뜨렸고, 아가트는 사다리를 잡고 기어올랐다. 그가 막 바리케이드 위에 다다랐을 때 날아온 다트가 오른손에 꽂혔다. 그는 미끄러지듯 바리케이드 아래로 내려가 다트를 잡아 뽑은 다음 상처를 빨고 침을 뱉었다. 가알은 다트나 화살에 독을 바르지 않았지만 랜딘 사람들이 쏜 다트와 화살을 주워서 썼고 당연히 이중에는 독을 바른 것도 있었다. 규제법을 지켜야 할 한 가지 이유를 보여주는 좋은 예였다. 아가트는 첫 번째 경련을 기다리며 끔찍한 몇 분을 보낸 다음, 운이 좋았다고 안도의 한숨을 내쉬며 겨우 손에 난 작은 상처의 아픔을 느끼기 시작했다. 사격할 때 쓰는 손이기도 했다.

금색 시계가 걸린 집회실 안에서는 저녁 식사가 나오고 있었다. 해가 뜬 후로 아무것도 먹지 못한 상태였다. 뜨거운 브한 그릇과 소금에 절인 고기를 받아 탁자에 앉을 때까지만 해도 걸신들린 듯 배가 고팠지만, 정작 음식을 앞에 놓고서는 먹을 수가 없었다. 입도 열고 싶지 않았지만 먹는 것보다는 이야기를 하는 편이 나았다. 그는 주위에 모여든 모든 사람과 이야기를 나누었고, 그러다가 탑에서 울리는 종소리를 들었다. 다시 가알의 습격이었다.

으레 그렇듯 공격은 바리케이드에서 바리케이드로 옮겨 갔고, 으레 그렇듯 오래가지 않았다. 이렇게 매서운 날씨에 공격을 길게 끌 수 있는 사람은 없었다. 해 질 녘의 이 치고 빠지기 식 공격은 경비가 소홀해지는 틈을 타서 한두 명이라도 바리케이드를 넘어 광장으로 들어간 다음 옛 회당 뒤에 있는 육중한 철문을 열 기회를 잡으려는 전술이었다. 어둠이 내리자 공격자들은 사라졌다. 옛 회당과 대학의 창문으로 활을 쏘던 사수들은 불을 들고 거리를 살피다가 이윽고 적이 물러났다고 외쳤다. 으레 그렇듯 수비하는 쪽은 몇 명이 다치거나 죽었다. 궁수 한 명이 밑에서 날아온 화살에 맞아 창문에서 떨어졌고, 화살에 맞지 않을 거리까지 바리케이드를 기어오르던 소년 하나가 배에 철촉 투창을 맞았다. 그 밖에는 가벼운 부상자 몇 명뿐이었다. 매일 몇 명씩은 죽거나 부상을 입었고, 그만큼 경비를 서고 싸울 사람도 줄어들었다. 원래도 너무 적은 수에서 다시 몇 명씩……

아가트는 열이 올라 다시 몸을 떨며 안으로 들어갔다. 경종이 울렸을 때 식사 중이던 사람들은 대부분 다시 들어가서 식사를 끝냈다. 아가트는 이제 냄새가 역하다는 것 말고는 음식에 아무 생각이 없었다. 긁힌 손은 쏠 때마다 새로 피가 흘렀고, 그는 의사를 찾아 붕대를 감아야겠다는 핑계로 옛 회당 아래 기록실로 내려갔다.

 기록실은 아주 크고 천장이 낮은 방으로 밤이나 낮이나 따뜻하고 조명도 은은해서 오래된 기구와 항도와 서류를 보관하기 좋은 곳이었으며 그만큼 부상자들에게도 좋은 장소였다. 환자들은 모직 천이 깔린 바닥에 즉석으로 만든 침상에 누워 길쭉한 방의 침묵 사이사이에 잠과 고통의 섬을 이루었다. 그는 환자들 사이에서 그를 향해 다가오는 아내의 모습을 보았다. 그녀의 모습, 진짜 확실한 그녀의 모습은 그녀를 생각할 때면 느껴지던 쓸쓸하고 부드러운 감정이 아니라 강렬한 기쁨만을 안겨주었다.

 "안녕, 롤레리."

 그는 입 안으로 중얼거리고는 얼른 롤레리에게 등을 돌리고 세이코와 외과의 와톡을 보며 후루 필롯손은 괜찮은지 물었다. 터져 나갈 듯한 기쁨을 더 이상 어찌할 수가 없었고, 그 감정에 점령당한 상태였다.

 "상처가 심해지고 있어."

 와톡은 작은 소리로 말했다. 아가트는 의사를 빤히 쳐다보다가 겨우 필롯손에 대해 말하고 있다는 사실을 깨달았다.

 "심해지다뇨?"

 그래도 그는 의미를 이해하지 못하고 그 말을 되풀이하며 필롯손 옆으로 다가가 무릎을 꿇었다.

 필롯손이 그를 올려다보았다.

 "후루, 좀 어때?"

 "넌 정말 엄청난 실수를 저질렀어."

 부상자는 그렇게 대꾸했다.

그들은 평생 서로를 알고 지냈고 친구이기도 했다. 아가트는 필롯손이 무슨 말을 하는지 바로 알아차렸다. 그의 결혼을 두고 하는 말이었다. 하지만 뭐라고 대답해야 할지 알 수 없었다.

"그렇게 많이 달라지지도 않았을 거야……."

그는 그렇게 운을 떼다가 입을 다물었다. 스스로를 정당화할 생각은 없었다.

필롯손이 말했다.

"충분치 않아. 충분하지가 않다고."

그제야 아가트는 친구가 제정신이 아니라는 사실을 깨달았다.

"다 괜찮아, 후루!"

그는 권위를 실어서 말했고, 필롯손은 이 확언을 받아들인 듯 잠시 뒤에 한숨을 내쉬며 눈을 감았다. 아가트는 몸을 일으켜 다시 와톡에게 다가갔다.

"이 상처를 좀 묶어서 피가 흐르지 않게 해줘요. 필롯손은 어떻게 된 거죠?"

롤레리가 천과 테이프를 가져왔다. 와톡은 능숙한 손놀림으로 아가트의 손에 붕대를 감았다.

"알테라, 나는 모른다네. 가알이 우리 항생제로 어찌할 수 없는 독을 쓰는 게 틀림없어. 항생제란 항생제는 다 써봤네. 필롯손 알테라만이 아니야. 상처가 아물지를 않고 부어올라. 여기 이 소년을 보게나. 똑같은 증세야."

열여섯 살쯤의 거리 게릴라는 악몽이라도 꾸는 것처럼 신음하며 몸부림을 치고 있었다. 넓적다리에 난 창상에서 피는 흐르지 않았지만 상처에서부터 피부 아래로 붉은 줄이 달리며 기묘한 형상을 이루고 있었고 손을 대보면 몹시 뜨거웠다.

"항생제를 써봤다고요?"

아가트는 괴로워하는 소년의 얼굴에서 눈을 돌리며 물었다.

"전부 다. 알테라, 난 아무래도 자네가 가을 초입에 클로이스를 쫓다가 입은 상처가 생각나네. 어쩌면 놈들이 클로이스의 피나 분비선에서 독을 추출했는지도 몰라. 그렇다면 이 상처도 그때처럼 낫겠지."

와톡은 이어서 세이코와 롤레리에게 설명했다.

"그래, 그 흉터 얘기요. 저 친구가 이 아이처럼 어렸을 때 생긴 거지. 클로이스 한 마리를 쫓아서 나무에 올랐는데 그때 긁힌 상처가 보기엔 별것 아니었지만 부어오르고 열이 나서 꽤 아픈 것이었거든. 하지만 며칠이 지나자 다시 나아졌지."

그러자 롤레리는 아가트를 향해 부드럽게 말했다.

"이 상처는 좋아지지 않을 거예요."

"왜 그렇게 말하는 거죠?"

"난 우리……, 씨족의 치료사 여인을 지켜보곤 했어요. 조금 배우기도 했죠……. 저기 다리에 난 것 같은 붉은 줄을 그들은 죽음의 길이라고 불러요."

"그럼 이 독에 대해 아는 건가요, 롤레리?"

"독이라고는 생각하지 않아요. 깊은 상처에는 언제나 생길 수 있죠. 피가 흐르지 않거나 더러워진 작은 상처도 그럴 수 있어요. 무기의 악이……."

"그건 미신이오."

늙은 의사는 거칠게 말했다.

"우린 무기의 악에 걸려들지 않아요, 롤레리."

아가트는 분개한 늙은 의사에게서 보호하듯 롤레리를 약간 끌어당기며 말했다.

"우리에겐······."

"하지만 저 소년과 알테라 필롯손은 걸렸는걸요! 여길 봐요······."

그녀는 그를 끌고 상처 입은 테바 인 한 명이 앉아 있는 자리로 데려갔다. 그는 쾌활하고 몸집이 작은 중년의 남자로 기꺼이 아가트에게 도끼에 잘리기 전 왼쪽 귀가 있던 자리를 보여주었다. 상처는 낫고 있었지만 부어올랐고, 뜨거웠고, 질척였다······.

아가트는 무의식적으로 돌보지 않은 채 욱신거리는 머리의 상처에 손을 올렸다.

와톡도 그들을 따라왔다. 그는 죄 없는 힐프를 노려보며 말했다.

"힐프들이 무기의 악이라고 부르는 건 물론 세균 감염이야. 학교에서 배웠을 텐데, 알테라. 인간은 이곳의 어떤 세균이나 바이러스에도 감염되지 않아. 우리는 치명적인 장기 손상, 과다 출혈, 화학적인 독에 의해서만 고통을 받지. 항생제가 있으니까······."

"하지만 저 아이는 죽어가고 있어요, 연장자님."

롤레리는 부드러우면서도 고집스러운 목소리로 말했다.

"상처를 꿰매기 전에 깨끗이 씻어주지 않으면······."

늙은 의사는 분노로 더 완고해졌다.

"네 동족에게나 돌아가고 감히 내게 인간을 어떻게 치료할지에 대해 왈가왈······."

"그만." 아가트가 말했다.

잠시 침묵이 흘렀다.

아가트는 다시 말했다.

"롤레리, 여기 일에 짬이 좀 나면 같이……."
그는 '집으로 가도'라고 말하려다 겨우 말을 바꿔 애매하게 말했다.
"저녁을 먹으러 가도 될 것 같은데요."
롤레리는 아직 저녁 식사 전이었다. 그는 그녀와 함께 집회실에 앉아 조금이지만 음식을 먹었다. 그러고 나서 그들은 외투를 걸치고 바람이 횡횡 부는 불 꺼진 광장을 지나 다른 두 부부와 교실 하나를 함께 쓰고 있는 대학 건물로 향했다. 옛 회당의 공동 침실 쪽이 더 편하기는 했지만 여자가 '바위'에 가지 않은 부부는 대부분 어설프게라도 사적인 공간이 있는 쪽을 좋아했다. 한 여자가 책상들 뒤에서 외투를 말고 곤히 잠들어 있었다. 돌과 다트와 바람을 막기 위해 창문 높이까지 탁자를 쌓아놓은 상태였다. 아가트와 그의 아내는 잠을 청하기 위해 맨바닥에 외투를 깔았다. 롤레리는 그가 잠들기 전에 창틀에서 깨끗한 눈을 모아 손과 머리의 상처를 닦아주었다. 아팠고, 녹초가 된 그는 약간 짜증이 나서 불평을 했다. 하지만 롤레리는 말했다.
"당신은 알테라니까 앓아눕거나 하지 않겠죠. 그래도 이렇게 해서 나쁠 건 없으니까요. 나쁠 건 없어요……."

13 마지막 날

차고 어두운 먼지투성이 방 안에서 열에 들떠 잠든 아가트는 가끔 한 번씩 큰 소리로 잠꼬대를 했고, 롤레리가 잠들어 있을 때 자면서 그녀를 부르기도 했다. 빛도 없는 심연 너머로 마음을 뻗으며, 멀리 더 멀리서 그녀의 이름을 불렀다. 그 목소리가 꿈을 깨고 들어와 그녀는 잠에서 깨어났다. 아직 어두웠다.

아침은 일찍 찾아들었다. 뒤집힌 탁자들 주위로 빛이 어른거리고 천장에 흰 줄이 갔다. 어젯밤 들어왔을 때 있던 여자는 아직도 지쳐 곯아떨어진 채였지만, 바깥바람을 피해 서탁 위에 누워 잠들었던 한 쌍은 일어났다. 아가트는 일어나 앉아서 주위를 두리번거리더니 두려움에 젖은 눈을 하고 쉰 목소리로 말했다.

"폭설이 그쳤어······."

그들은 책상을 살짝 밀고 밖을 내다보았다. 다시 세상이 보였다. 짓밟힌 광장과 눈 쌓인 바리케이드, 꽉 닫힌 네 건물의 거대한 정면부, 그 위로 눈 덮인 지붕들, 그리고 멀리 어른거리는 바다까지. 찬란한 백색과 청색의 세계. 그림자는 푸른빛이었고 이른 아침 햇살이 닿는 곳은 어디나 눈부시게 희었다.

너무나 아름다웠다. 그러나 그들을 지켜주던 벽이 밤사이에 무너져 내린 것만 같았다.

아가트도 그녀와 같은 생각을 하고 있었는지, 이렇게 말했다.

"놈들이 지붕 위에 앉아서 우릴 연습용 과녁으로 삼을 수 있다는 사실을 깨닫기 전에 회당으로 건너가는 게 좋겠어요."

나머지 사람 중에 누군가가 말했다.

"지하 굴을 이용해서 건물과 건물 사이를 오갈 수 있을 거예요."

아가트는 고개를 끄덕였다.

"그럴 겁니다. 하지만 바리케이드에는 사람을 배치해야 해요……."

롤레리는 다른 사람들이 나갈 때까지 꾸물거리다가 조급해하는 아가트를 설득해서 머리의 상처를 다시 들여다보았다. 나아진 것 같기도 했고, 더 나빠지지는 않은 것이 확실했다. 그의 얼굴에는 아직도 그녀의 혈족들에게 얻어맞은 상처 자국이 남아 있었다. 그녀의 손은 돌을 나르고 밧줄을 끄느라 멍투성이였고, 추위 때문에 더 아팠다. 그녀는 엉망이 된 손을 엉망이 된 그의 머리에 얹으며 웃음을 터뜨렸다.

"두 사람의 늙은 전사 같네요. 아, 자콥 아가트, 우리가 바다 밑 땅으로 가면 당신은 앞니를 되찾게 될까요?"

그는 무슨 말인지 이해하지 못해 그녀를 쳐다보았고, 웃어 보이려다 실패했다.

"외인은 죽어서 별들에게 돌아갈지도 모르겠네요. 다른 세계로요."

그녀는 그렇게 말하고 웃음을 거두었다.

"아니요." 그는 몸을 일으키며 말했다. "아니, 우린 여기에 있어요. 같이 갑시다. 내 아내여."

바다와 하늘과 눈이 뿜어내는 빛으로 온통 눈이 부실 지경인 바깥 공기는 숨 쉬기 힘들 만큼 차가웠다. 그들이 급히 광장을 가로질러 연맹 회당 앞으로 향하는데 뒤에서 소리가 났다. 아가트는 다트 총을 뽑았고, 둘 다 몸을 숙이고 달릴 준비를 한 채 뒤를 돌아보았다. 이상한 형상이 새된 소리를 지르며 바리케이드를 날아 넘는 것 같더니, 그들에게서 12피트도 떨어지지 않은 곳에 머리부터 처박았다. 가알이었다. 옆구리에 창이 두 개 박힌. 바리케이드를 지키는 경비병들은 동쪽 건물 위 셔터 내린 창문에서 그들에게 고함을 질러대는 남자를 흘끗 보고는 주위를 노려보며 소리를 질렀고, 사수들은 급히 화살과 다트 총을 장전했다. 죽은 가알은 바리케이드의 푸른 그림자 속, 짓밟힌 눈 바닥에 피를 흘리며 엎어져 있었다.

경비병 한 명이 아가트에게 달려오며 외쳤다.

"알테라, 공격 신호임이 분명합니다."

대학 문을 박차고 나온 다른 남자가 그의 말을 가로막았다.

"아니야. 내가 봤어요. 뭔가가 놈을 뒤쫓고 있었어. 그래서 그렇게 소리를 질렀던 것……."

"뭘 봤다는 겁니까? 혼자서 그런 식으로 공격했다고요?"

"놈은 뭔가에서 도망치고 있었어요. 제 목숨을 구하려고 말이에요! 바리케이드 위에 있던 사람들 아무도 못 봤어요? 그렇게 비명을 질러댄 것도 무리가 아니지. 하얗고, 사람처럼 뛰기는 하지만, 목은 마치 이렇게……. 맙소사. 알테라, 그게 가알을 쫓아 모퉁이를 돌았다가 돌아가는 걸 봤어요!"

"눈구울이군."

아가트는 중얼거리고 나서 롤레리를 돌아보며 확인을 구했다. 월드의 이야기를 들은 적이 있는 롤레리는 고개를 끄덕였다.

"희고, 키가 크고, 머리가 좌우로 돌아가는……."

그녀는 월드의 섬뜩한 흉내를 다시 흉내 냈고, 창문에서 그것을 본 남자는 소리쳤다.

"바로 그거예요."

아가트는 그 괴물을 볼 수 있을까 싶어 바리케이드 위로 올라갔다. 롤레리는 뒤에 남아, 겁에 질린 나머지 도망치려고 적의 창에 달려든 죽은 남자를 내려다보았다. 그녀는 가알을 가까이에서 본 적이 없었다. 포로 같은 것은 잡히지 않았고, 그녀의 일은 지하에서 부상자들을 돌보는 것이었으니까. 시체는 키가 작고 말랐으며, 그녀보다도 더 하얀 피부에 기름기 많은 흙을 발라 지방 덩어리처럼 번들거렸다. 기름을 바른 머리카락은 붉은 깃털로 땋아져 있었다. 외투 대신 모직 천 누더기만 걸친 채 갑작스럽게 죽은 남자는 아직도 쫓아오던 흰 짐승에게서 몸을 숨기려는 듯 얼굴을 박은 채 쭉 뻗어 있었다. 롤레리는 얼음장같이 차갑고 밝은 바리케이드 그림자 속, 시체 옆에 꼼짝 않고 서 있었다.

"저기!"

거리를 포장했던 돌과 바닷가 벼랑에서 가져온 돌멩이로 쌓은 바리케이드 벽의 비스듬한 안쪽 계단에 선 아가트가 외쳤다. 그는 이글거리는 눈으로 내려와서 그녀를 재촉하여 연맹 회당으로 향했다.

"그놈이 오타케 거리를 건널 때 잠깐 봤어요. 머리를 우리 쪽으로 빙 돌리며 뛰고 있더군요. 녀석들이 무리 지어 사냥하나요?"

그녀는 알지 못했다. 지난겨울의 전설적인 눈 속에서 혼자 눈구울 한 마리를 죽였다는 윌드의 이야기만 알 뿐이었다. 그들은 붐비는 식당 안에 들어가 이 소식과 질문을 전했다. 우막수만이 눈구울들이 종종 떼 지어 달리는 것으로 안다고 말했으나, 외인들은 힐프의 말을 받아들이지 않고 '책'에서 찾아보고서야 직성이 풀렸다. 그들이 가져온 책에는 아홉 번째 겨울의 첫 폭설 이후 열둘에서 열다섯씩 떼 지어 달리는 눈구울을 목격한 바 있다고 나와 있었다.

"책이 어떻게 말을 하는 거죠? 소리는 나지 않는데요. 당신이 내게 하는 마음이야기 비슷한 건가요?"

아가트는 롤레리를 바라보았다. 그들은 집회실의 긴 탁자 한쪽에 앉아 외인이 좋아하는 뜨겁고 묽은 풀 국을 마시고 있었다. 외인은 그걸 '차'라고 불렀다.

"아니에요……. 흠, 조금은 비슷할지도 모르겠군요. 들어봐요, 롤레리. 난 잠시 밖에 나갈 거예요. 당신은 병원으로 돌아가요. 와톡의 성질은 신경 쓰지 말고요. 나이도 많고 지쳐서 그런 거니까. 그래도 와톡은 많은 것을 알죠. 다른 건물에 갈 일이 있어도 광장을 가로지르지 말고 지하 굴을 이용해요. 가알 사수들에다 저 동물들까지 있으니……."

그는 웃는 듯 마는 듯 덧붙였다.

"다음엔 뭐가 올지 궁금하군요."

"묻고 싶은 게 있어요, 자콥 아가트……."

그를 알고 지낸 얼마 안 되는 시간 동안 그녀는 그의 이름이 얼마나 많은 부분으로 이루어져 있는지 알아내지 못했고, 그중 어느 이름을 써야 하는지도 알 수 없었다.

그는 진지하게 대답했다.

"듣지요."

"왜 가알에게는 마음으로 말하지 않는 거죠? 그들에게 가버리라고 해요. 바닷가에서 나에게 '바위'로 뛰라고 했을 때처럼요. 당신네 목동들이 한에게 하는 것처럼……."

"사람은 한이 아니에요."

그렇게 말하자 문득 아가트만이 그녀의 동족과 그의 동족과 가알까지 모두 다 사람이라고 부른다는 사실이 떠올랐다.

"그 늙은…… 파스팔은 큰 부대가 남쪽으로 출발했을 때 가알에게 귀를 기울였잖아요."

"그랬지요. 재능을 타고 난 데다 훈련까지 받은 사람들은 먼 거리에서도, 상대방이 알아차리지도 못하게 그 마음을 엿들을 수 있어요. 수많은 사람들 사이에 있으면 누구든 그들의 두려움이나 기쁨을 알 수 있는 것과 비슷하죠. 마음듣기가 그보다 많은 것을 알아내는 것은 사실이지만 언어를 통해 하지는 않으니까. 하지만 마음으로 말하고, 마음이야기를 듣는 것은 다른 문제예요. 훈련을 받지 않은 사람에게 마음으로 말을 걸면 보통은 뭐가 듣고 있다는 걸 알기도 전에 마음을 닫아버리죠. 특히 들리는 말이 스스로가 원하거나 믿는 게 아닐 때에는 더 그렇고. 비전달자들은 보통 완벽한 방어막을 갖고 있어요. 사실 비언어 소통을 배운다는 것은 주로 어떻게 방어막을 내리는가를 배우는 작업이죠."

"하지만 동물들은 듣잖아요?"

"어느 정도는요. 그것 역시 언어를 통하지 않고 이루어져요. 동물에게 투사하는 데 능숙한 사람들이 있죠. 가축 떼를 모으거나 사냥을 할 때에 쓸모 있는 것도 사실이고. 외인은 운 좋은 사냥꾼이라는 말 못 들어봤어요?"

"들어봤죠. 그래서 당신들을 주술사라고 부르는 거잖아요. 하지만 그러면 나도 한과 같은 건가요? 난 당신의 말을 들었는데."

"그랬죠. 그리고 당신도 내게 마음으로 말했지요. 한 번, 우리 집에서. 두 사람 사이에서 가끔 일어나는 일이에요. 서로에 대한 방어막도, 장애물도 없는 두 사람."

그는 차를 마시고 생각에 잠긴 눈으로 긴 벽을 따라 보이는, 태양과 반짝이며 회전하는 세계들의 문양을 쳐다보았다.

"두 사람이 서로를 사랑해야 가능한 일이죠. 반드시……. 나는 가알에게 나의 두려움이나 증오를 보낼 수 없어요. 그들은 듣지 않을 거예요. 하지만 당신에게는 보낼 수 있고, 당신을 죽일 수도 있죠. 당신도 마찬가지고요, 롤레리……."

그때 광장에서 그를 필요로 하는 사람들이 왔고, 그는 그녀를 떠나야 했다. 그녀는 병원으로 내려가 맡은 대로 테바 사람들을 돌보았고, 상처 입은 채 죽어가는 외인 소년도 도와주었다. 온종일이 걸린 힘겨운 죽음이었다. 늙은 의사는 그녀가 소년을 돌보게 했다. 와톡은 모든 기술이 쓸모없는 상황에 분개하고 괴로워하고 있었다. 그는 다시 한 번 버럭버럭 소리쳤다.

"우리 인간은 그리 시시하게 죽지 않아! 저 아이는 뭔가 피에 결함을 갖고 태어난 거라고!"

롤레리는 그가 무슨 말을 하든 신경 쓰지 않았다. 그녀의 손을 잡고 고통스럽게 죽어가는 소년도 마찬가지였다.

시간이 흐르며 한두 명씩 새로운 부상자가 크고 조용한 방으로 후송되었다. 이들만으로도 위쪽 햇빛 비치는 눈밭에서 격렬한 싸움이 벌어지고 있음을 알 수 있었다. 우막수만이 가알의 투석기 공격을 받아 의식을 잃은 채 실려 내려왔다. 그는 큰 몸집을 펴고 당당하게 누워 있었고,

롤레리는 흐릿한 자부심을 안고 전사이며 오라비인 그를 보았다. 그녀는 그가 죽어간다고 생각했지만 그는 잠시 후에 머리를 흔들며 일어나 앉았고, 곧 일어섰다.

"여긴 어디야?"

그의 물음에 대답해 주면서 그녀는 웃음을 터뜨릴 뻔했다. 월드의 혈족은 쉽게 죽지 않는다. 그는 가알이 사방에서 한꺼번에 바리케이드를 공격하고 있으며, 전체 부대가 서로의 어깨에 올라서서 성벽을 오르려 했던 육지 문 강습 때처럼 쉽없이 밀어붙이고 있다고 말해 주었다. 그는 귀 위쪽에 난 커다란 혹을 문지르며 말했다.

"전사치고는 멍청한 놈들이야. 일주일만 이 광장 주위 지붕에 앉아서 화살로 쏘아대면 바리케이드를 지킬 사람이 모자랄 텐데 말이지. 놈들이 아는 거라고는 소리를 질러대며 한꺼번에 달려오는 것밖에 없다니까……."

그는 머리를 한 번 더 문지르고, "내 창은 어떻게 한 거야?"라고 중얼거리며 싸움터로 돌아갔다.

죽은 이들은 이리로 데려오지 않고 화장을 치를 수 있을 때까지 광장 열린 창고에 뉘어두었다. 아가트가 죽었다 해도 알 도리가 없었다. 사람들이 새로운 환자를 데리고 올 때마다 그녀는 희망을 불러일으키며 올려다보았다. 부상자가 아가트라면, 적어도 죽지는 않은 셈이니까. 하지만 그는 내려오지 않았다. 그녀는 만일 그가 전사한다면 죽기 전에 그녀의 마음을 향해 부르짖을지 궁금했다. 그리고 그 부르짖음이 그녀를 죽일 것인지도.

끝나지 않을 것만 같은 그날 늦게 알라 파스팔이 실려 내려왔다. 알라 파스팔은 다른 외인 노인 몇 명과 함께 바리케이드를 지키는 수비군에게 무기를 나르는 위험한 일에 자원했고, 그것은 적의 화살을 피할 곳도 없이 광장을 가로질러 달린다는 뜻이었다. 가알의 투창이 그녀의 목을 옆으로 꿰뚫었다. 와톡은 그녀를 위해 거의 아무것도 해주지 못했다. 작고 까만 노파는 젊은이들 사이에 누워 죽어가고 있었다. 그녀와 눈이 마주친 롤레리는 피 묻은 토사물이 담긴 대야를 손에 든 채 그쪽으로 다가갔다. 바위처럼 단단하고, 까맣고, 깊이를 알 수 없는 늙은 눈이 그녀를 빤히 응시했다. 본래 그녀의 동족들은 하지 않는 일이었지만, 롤레리도 똑바로 그 눈을 마주보았다.

붕대를 감은 목이 파르르 떨리며 입술이 비틀렸다.

방어막을 내리려면……

"듣겠어요!"

롤레리는 떨리는 목소리로 그녀의 동족들이 사용하는 의식의 말을 크게 외쳤다.

'그들은 갈 거야.'

알라 파스팔의 희미하고 지친 목소리가 롤레리의 마음에 대고 말했다.

'다른 이들을 쫓아 남으로 갈 거야. 그들은 우리를, 눈구울을, 집과 거리를 두려워해. 그들은 겁에 질렸어. 이번 공격이 끝나면 떠날 거야. 들을 수 있어. 그들의 마음을 들을 수 있어. 자콥에게 그들이 내일이면 떠난다고 말……'

"전할게요."

롤레리는 그렇게 말하고 눈물을 쏟았다. 죽어가는 여인은 꼼짝도 않고 아무 말도 없이 돌덩이같이 어두운 눈으로 그녀를 바라보았다.

롤레리는 하던 일로 돌아갔다. 다친 사람들에게는 관심이 필요했고 와톡에겐 달리 도울 손이 없었다. 게다가 피에 물든 눈과 시끄러운 소리와 증오로 가득한 위쪽에 올라가, 죽기 전에 아가트를 찾아서 웬 미친 노파가 죽어가면서 그들이 살아남을 것이라 말했다고 전한들 무슨 소용이랴?

그녀는 눈물을 줄줄 흘리며 일을 계속했다. 심한 상처를 입었지만 와톡이 쓰는 놀라운 알약을 삼키고 통증이 완화된 외인 하나가 물었다.

"왜 울고 있죠?"

그는 어린아이가 다른 아이에게 묻는 것처럼 호기심을 안고, 그러나 힘없이 물었다. 롤레리는 대답했다.

"모르겠어요. 자도록 해요."

사실 그녀는 눈물의 이유를 모호하게나마 알고 있었다. 그녀가 우는 것은 며칠 동안 감내해 온 체념을 뚫고 들어온 희망이 참을 수 없이 고통스러워서였다. 그녀는 한갓 여인에 지나지 않았으므로, 고통에 눈물을 흘렸다.

이 밑에서는 알 도리가 없었지만, 세이코 에스밋이 그녀와 와톡과 먹을 수 있는 환자들을 위한 뜨거운 음식을 쟁반에 담아온 것을 보니 날이 저문 모양이었다. 먹은 그릇을 거둬가려고 기다리는 세이코에게 롤레리는 말했다.

"나이 많은 알테라, 파스팔이 죽었어요."

세이코는 고개만 끄덕였다. 긴장으로 굳은 데다 이상한 얼굴이었다. 세이코는 높은 목소리로 말했다.

"놈들은 이제 불타는 나뭇조각을 쏘고, 지붕에서 불타는 물건들을 집어던지고 있어요. 뚫고 들어올 수 없으니까 추위에 굶어 죽기라도 바라고 건물과 창고를 태우려는 거죠. 회당에 불이 붙으면 당신은 이곳에 갇혀버릴 거예요. 산 채로 타 죽겠죠."

롤레리는 음식을 먹으며 아무 말도 하지 않았다. 고기 즙과 잘게 썬 향초로 맛을 낸 뜨거운 브한 요리였다. 포위된 외인들은 풍성한 한가을에 그녀의 동족들이 먹던 것보다 더 좋은 음식을 먹었다. 그녀는 제 그릇을 비운 뒤 부상자 한 명이 반쯤 남겨놓은 그릇마저 해치우고도 조금 더 먹은 다음 음식이 더 있었으면 좋겠다는 생각만 하며 쟁반을 세이코에게 돌려주었다.

그 뒤로 한참 동안 아무도 내려오지 않았다. 부상자들은 잠들었고, 자면서 끙끙거렸다. 따뜻했다. 가스 불의 열기가 격자를 통해 올라와 불 때는 천막 안처럼 편안했다. 롤레리는 사람들의 숨소리 사이로 가끔씩 벽에 걸린 둥근 모양의 물건이 내는 틱, 틱, 틱 소리를 들을 수 있었다. 이 물건들과 벽에 밀어붙여 놓은 유리 상자들, 그리고 높이 쌓인 '책'들은 부드럽고 꾸준한 가스 불빛 속에서 희미한 금갈색으로 빛났다.

"진통제 줬나?"

와톡이 소곤거리자 그녀는 한 남자 곁에서 고개를 들고 그렇다는 뜻으로 어깨를 으쓱했다. 서재 탁자 앞에 롤레리와 함께 쭈그려 앉아 모자란 붕대를 자르는 늙은 의사는 원래 나이보다 반년은 늙어 보였다. 롤레리의 눈에 그는 엄청나고 대단한 의사였다. 그녀는 지치고 의기소침해진 그를 기쁘게 해주려고 물었다.

"연장자님, 상처가 썩는 게 무기의 악 때문이 아니라면 무엇 때문이죠?"

"아……, 생물이지. 작은 짐승 같은 건데, 너무 작아서 보이지 않아. 저기 상자 안에 들어 있는 것 같은 특별한 유리가 있어야만 볼 수 있지. 놈들은 거의 모든 곳에 산다네. 무기 위에도 살고, 공중에도, 살갗에도 살아. 녀석들이 피 속으로 들어가면 몸이 저항을 하고 그 싸움이 부기며 기타 등등을 일으키는 게야. 책에서는 그렇게 말한다네. 의사로서 한 번도 신경을 써본 적은 없지만."

"그 생물이 왜 외인은 물지 않는데요?"

"그들은 외부인을 싫어하거든."

와톡은 농담을 던져놓고 웃으며 말했다.

"알다시피 우리는 외부인이지. 심지어 주기적으로 특정 효소를 먹어주지 않으면 이곳 음식도 소화하지 못해. 우리는 이곳 유기체의 정상 기준에서 약간 벗어나는 화학 구조를 갖고 있고, 그게 세포질에 드러나는데⋯⋯, 그게 뭔지 모르겠지. 흠, 그러니까 우리가 자네 힐프들과 약간 다른 걸로 만들어져 있다는 얘기라네."

"그래서 우리와 달리 피부가 까만 건가요?"

"아냐, 그건 중요하지 않아. 피부 색과 눈의 생김새와 그런 것들은 다 표면상의 차이일 뿐이지. 실제 차이는 좀 더 낮은 수준에 있고, 아주 작아. 유전 형질의 사슬 중에 딱 하나의 분자니까."

와톡은 즐거운 듯 강의에 열을 올렸다.

"그렇다고 힐프 중에서 일반적인 호미니드 유형과 크게 다르지는 않지. 처음의 거류지 사람들이 그렇게 썼고, 그렇게 알고 있었다네. 하지만 그렇다고는 해도 자네들과 이종 교배를 할 수는 없어. 도움 없이는 이 지역 유기체를 소화시킬 수도 없고. 이곳 바이러스에 반응하지도 않지⋯⋯. 사실 효소 문제는 조금 과잉 반응이지만 말이야. 첫 세대가 행한 노력의 일부지. 어떤 면에서는 순수한 미신이라고도 할 수 있어. 난 오랜 사냥 여행에서 돌아온 사람들이나 지난봄에 온 아틀란티카 난민들 중에 두세 월기씩 효소 약을 먹지 않고도 소화에 무리가 없었던 사람들을 봤네. 결국 생명체란 적응하게 마련이거든."

이 말을 하면서 와톡은 몹시 이상한 표정을 짓고 롤레리를 뚫어져라 쳐다보았다. 의사의 설명을 전혀 알아듣지 못하고 있던 롤레리는 죄책감을 느꼈다. 핵심이 되는 단어 중에 어느 것 하나도 그녀의 언어에는 없는 말이었다.

그녀는 머뭇거리며 물었다.

"생명체가 뭐라고요?"

"적응한다고. 반응하지. 변한단 말이야! 충분한 압력을 받고 충분한 세대가 흐르면 유리한 쪽으로 적응하게 되는 법⋯⋯. 태양 방사선이 결국에는 이 행성에 적정한 생화학적 기준치까지 작용하는 것인가? 그렇다면 사산과 유산은 모두 과잉 적응이거나 어머니와 표준화한 태아가 서로 맞지 않아서⋯⋯."

와톡은 가위질을 멈췄다가 다시 작업에 착수하더니, 다음 순간 다시 멍한 눈으로 앞을 노려보며 중얼거렸다.

"이상하군, 이상해, 이상해⋯⋯! 이건 이종 교배가 가능할 수도 있다는 뜻이야."

"다시 듣겠어요."

롤레리는 입 안으로 중얼거렸다.

"인간과 힐프 사이에 아이가 태어날 수도 있다는 얘기야!"

그녀는 한참 만에 이 말을 이해했지만, 그가 사실을 말하고 있는지 아니면 소원이나 두려움을 이야기하고 있는지 알 수가 없었다.

"연장자님, 제가 너무 멍청해서 그런지 알아들을 수가 없네요."

"당신은 잘 이해하고 있어요."

가까이에서 약한 목소리가 말했다. 잠에서 깬 알테라 필롯손이었다.

"와톡, 그러니까 우리가 결국 양동이에 떨어진 물 한 방울이 됐다고 생각하는 건가요?"

필롯손은 팔꿈치를 바닥에 대고 몸을 일으켰다. 뜨겁게 달아오른 수척하고 검은 얼굴에서 검은 눈이 번뜩였다.

"자네와 다른 몇 명의 상처가 감염된 거라면, 그 사실로 어느 정도 설명이 되지."

"그렇다면 적응 따윈 엿이나 먹으라고 해요. 이종 교배니 생식력이니 따위도 엿먹으라고 해요!"

환자는 그렇게 말하고 롤레리를 쳐다보았다.

"제대로 아이를 낳는 한 우린 인간이었어요. 유배자이고, 알테라이며, 제대로 된 인간이었단 말입니다. 지식과 인간의 법에 충실한. 이제 우리가 힐프와 더불어 아이를 낳을 수 있다면 일 년도 채 지나기 전에 인간의 피는 잃어버리고 말겠죠. 묽어지고 엷어져서 아무것도 아니게 될 거란 말입니다. 이 기구들을 사용할 수 있는 이도, 이 책들을 읽을 수 있는 이도 남지 않겠죠. 자콥 아가트의 손자들은 돌을 두 개씩 들고 둘러앉아 시간이 끝날 때까지 함성이나 질러대겠지요······. 망할 놈의 머저리 야만인들, 인간을 가만 놔둘 수 없는 건가. 가만 놔두란 말이야!"

그는 분노와 열에 들떠 몸을 떨었다. 속이 빈 주사기를 만지작거리던 와톡은 내용물을 채우더니 부드러운 의사의 태도를 갖추어 가엾은 필롯손의 팔뚝에 찔렀다.

"눕게나, 후루."

그의 말에 부상자는 복잡한 얼굴로 복종했다. 그는 불분명한 목소리로 말했다.

"내가 당신네 썩을 감염인지 뭔지로 죽는다 한들 상관 안 해. 하지만

마지막 날 **157**

당신네 썩을 애새끼들은 여기서 꺼지라고. 치우란 말이야……. 도시에서 나가라고…….”

"잠시 동안은 흥분이 가라앉을 거야."

와톡은 그렇게 말하며 한숨을 내쉬었다. 그는 롤레리가 계속 붕대를 만드는 동안 말없이 앉아 있었다. 그녀는 이런 일에 능숙하고 착실했다. 나이 많은 의사는 생각에 잠긴 얼굴로 그녀를 지켜보았다.

롤레리는 뻐근한 등을 펴면서 노인도 잠에 빠진 것을 보았다. 탁자 뒤쪽 구석에 검은 가죽과 뼈 무더기가 쌓인 꼴이었다. 그녀는 그가 한 말을 제대로 알아들은 것인지, 정말 그런 말이었는지 의아해하며 일을 계속했다. 그녀가 정말 아가트의 아들을 낳을 수 있다는 말일까.

그녀는 모든 상황으로 미루어보아 아가트가 벌써 죽었을지도 모른다는 사실을 새까맣게 잊어버렸다. 그녀는 죽음으로 가득한 폐허의 도시 아래, 잠든 부상자들 사이에 앉아서 말없이 생명의 기회를 곱씹어 보았다.

14 첫날

밤이 내리자 추위가 더해졌다. 햇빛에 녹은 눈은 얼어붙어 매끄러운 얼음판을 이루었다. 가알은 근처 지붕이나 다락방에 숨어 끝이 뾰족한 화살을 쏘았다. 화살은 어스름 깔린 찬 공기를 뚫고 불새처럼 붉은 빛, 금빛 호를 그렸다. 광장을 에워싼 네 채의 건물은 지붕이 구리였고 벽은 돌이어서 불이 붙지 않았다. 바리케이드에 대한 공격은 멈췄고, 철 화살이든 불 화살이든 더 이상 날아오지 않았다. 자콥 아가트는 바리케이드 위에 서서 어두운 집들 사이로 뻗은 어두워가는 거리가 텅 빈 것을 보았다.

광장에 있던 이들도 처음에는 밤 공격을 기다렸다. 가알은 아무리 봐도 자포자기였다. 그러나 시간이 지날수록 날은 점점 추워졌다. 마침내 아가트는 최소한만 남기고 나머지 남자들은 들어가서 상처를 돌보고 식사를 하고 쉬도록 했다. 그들이 지쳤다면 가알 역시 지쳤을 것이고, 최소한 그들은 이 추위에 버틸 만한 옷이라도 입었지만 가알은 그렇지 못했다. 아무리 자포자기해 있더라도 털가죽이나 모직 누더기만 겨우 걸친 북쪽 놈들은 이 무시무시한 투명한 별빛 아래 나오지 못할 것이다. 그래서 수비군은 제 위치를 지킨 채 따뜻한 건물 홀과 창문 옆에 몸을 웅크리고 잠들었다. 그리고 음식도 없는 포위군은 높은 돌집들 안에 피운 화톳불에 둘러앉았다. 그리고 죽은 이들은 바리케이드 아래 얼어붙은 눈 속에 뻣뻣하게 굳어 있었다.

아가트는 자고 싶지 않았다. 온종일 사람들이 목숨을 걸고 싸웠으며, 이제는 겨울 별자리 아래 잠잠히 누운 광장을 버려두고 건물 안으로 들어갈 수가 없었다. 나무자리, 화살자리, 그리고 다섯 별 자국, 그리고 동쪽에 보이는 지붕들 너머로 반짝이는 눈별. 이 겨울의 별들은 머리 위에 펼쳐진 깊고 차가운 암흑 속에 수정처럼 타올랐다.

그는 이것이 마지막 밤이라는 사실을 알고 있었다. 그의 마지막인지, 혹은 도시의 마지막인지, 그도 아니면 전투의 마지막인지는 알 수 없었지만. 시간이 지나고 눈별이 높이 떠오르며 광장이 완벽한 고요에 잠기자 피로가 그를 사로잡았다. 마치 이 도시의 벽 안에 있는 적은 모두 잠들고, 그만 홀로 깨어 있는 것 같았다. 마치 잠든 이들과 죽은 이들을 비롯하여 도시 전체가 그에게만 속한 것 같았다. 이 밤은 그의 밤이었다.

이 밤을 덫 안의 덫에 갇혀 보내고 싶지는 않았다. 그는 졸고 있는 경비병에게 말해 두고 에스밋 거리 쪽 바리케이드로 올라가 반대편으로 뛰어내렸다.

"알테라!"

뒤에서 누군가가 쉰 목소리로 그를 불렀다. 그는 돌아서서 돌아올 때에 대비하여 밧줄을 준비해 놓으라는 몸짓을 한 다음 거리 한가운데로 걸어갔다. 그에게는 다치지 않으리라는 확신이 있었지만 이 문제로 언쟁을 벌여서는 불운이 닥칠 것 같았다. 그는 저녁 식사 후 산보라도 하는 것처럼 적들이 포진한 어두운 거리를 걸어 올라갔다.

걷다가 그의 집이 나왔지만 돌아보지 않고 지나쳤다. 별들은 검은 지붕마루 뒤로 사라졌다가 다시 나타나곤 했으며 발아래 얼음판에 비쳐 반짝였다. 마을 위쪽 끝에 가까워지자 길이 좁아지며 아가트가 태어난 후 쭉 버려져 있던 집들 사이로 구불구불 이어지다가 느닷없이 육지 문 아래 작은 광장이 나타났다. 가알이 땔감으로 쓰느라 이리저리 부숴놓기는 했지만 투석기들은 여전히 옆에 돌무더기를 쌓아놓고 서 있었다. 높은 성문은 어느 시점에 열렸다가 이제는 다시 빗장이 걸린 채 빠른 속도로 얼어붙기까지 했다. 아가트는 문루(門樓) 옆에 난 층계를 통해 성벽 위 초소로 올라갔다. 그는 눈이 내리기 전 그 초소에서 바닷가에 밀어닥치는 파도처럼 요란하게 밀려드는 가알의 전체 군대를 내려다본 기억을 떠올렸다. 가알에게 사다리가 좀 더 있었다면 싸움은 그날 벌써 끝났을 것이다……. 지금은 아무것도 움직이지 않았다. 소리도 전혀 나지 않았다. 눈과 정적, 능선과 시체들 위로 반짝이는 별빛과 고드름을 매단 채 반원을 그린 나무들.

그는 서쪽으로 펼쳐진 전체 유배 도시를 돌아보았다. 그가 선 높은 곳에서부터 멀어지며 바닷가 벼랑 위 성벽까지 오글오글 떨어져 내리는 작은 지붕들. 그 한 줌의 돌무더기 위로 별들은 느릿느릿 서쪽으로 움직였다. 아가트는 가죽과 털 옷을 단단히 껴입고도 추위에 떨며 가만히 앉아 부드럽게 휘파람으로 지그 무곡*을 불었다.

그는 결국 낮의 피곤이 덮쳐오는 것을 느끼고 아래로 내려갔다. 계단

---

* 3박자의 활발한 춤곡.

에 얼음이 덮여 있었다. 그는 마지막 계단까지 죽 미끄러지다가 울퉁불퉁한 성벽 돌을 잡고 떨어지는 몸을 바로잡았다. 그리고 아직 비틀거리면서 작은 광장 너머에서 눈길을 사로잡았던 움직임을 찾아 눈을 들었다.

두 집의 담 사이로 뻗은 검은 길에서 무엇인가 하얀 것이 움직였다. 어둠 속에 보이는 파도처럼 약간 흔들거리는 움직임. 아가트는 당황하여 그쪽을 노려보았다. 다음 순간 그것이 희미한 회색 별빛 아래로 튀어나왔다. 엄청나게 빠른 속도로 그를 향해 달려오는 키 크고 가늘고 하얀 형체는 사람처럼 달렸으며, 길게 구부러진 목에 얹힌 머리를 이쪽저쪽으로 획획 흔들고 있었다. 놈은 씨근거리고 쩍쩍대는 것 같은 소리를 내며 달려왔다.

다트 총은 계속 손에 들고 있었지만 어제의 상처로 손이 뻣뻣해진 상태인데다 장갑이 거추장스러웠다. 쏘아 맞히기는 했다. 그러나 상대는 이미 짧은 손톱이 달린 팔뚝을 뻗고 흔들거리는 동작으로 머리를 수그리며 이빨이 숭숭 돋은 둥근 입을 쩍 벌리고 그에게 달려든 다음이었다. 다리를 걸어 넘어뜨리고 그 이빨에서 벗어나려 몸을 날렸으나 놈이 더 빨랐다. 몸을 낮췄는데도 놈은 방향을 틀어 그를 붙잡았다. 약해 보이는 가느다란 팔에 달린 손톱이 가죽 외투와 옷을 뚫고 들어오는 느낌과 함께 그는 꼼짝없이 잡혀버렸다. 무시무시한 힘이 그의 머리를 제쳐 목을 드러냈다. 그는 한참 위 하늘에서 빙글빙글 도는 별들을 보았고, 정신을 잃었다.

다음 순간 그는 경련을 일으키며 쓰러진 냄새나는 흰 털 덩어리 옆 얼음 깔린 돌판에 손과 무릎을 대고 일어나려 하고 있었다. 다트 끝에 발라놓은 독이 드는 데 5초가 걸렸다. 1초 1초가 너무 긴 것 같았다. 눈구울의 둥근 입은 아직도 딱딱 맞부딪쳤고, 평평하고 보기 흉한 눈 신 같은 발은 아직도 달리고 있는 것처럼 오르내렸다. 아가트는 일어서서 숨을 고르고 정신을 차리려 하다가 불현듯 눈구울이 떼로 사냥한다는 기억을 떠올렸다. 눈구울은 떼로 사냥한다……. 그는 서툴지만 정연하게 총을 재장전하고 언제든 쏠 준비를 한 채 다시 에스밋 거리로 내려가기 시작했다. 얼음에 미끄러질 수도 있으니 뛰지는 않았지만, 그렇다고 슬금슬금 걷지도 않았다. 길은 여전히 텅 비어 있었고 평화스러웠으며 너무나 길었다.

하지만 바리케이드에 다가가면서 그는 다시 휘파람을 불고 있었다.

대학 강의실 안에서 곤히 자고 있을 때 가장 뛰어난 사수인 셰빅이 와서 그를 깨우며 다급하게 속삭였다.

"알테라, 일어나요. 당신이 와봐야겠어요……."

롤레리는 밤사이에 들어오지 않았고, 방을 같이 쓰는 나머지 사람들은 모두 자고 있었다.

"뭐야, 뭐가 잘못됐어?"

아가트는 일어나자마자 찢어진 외투를 꿰어 입으며 웅얼거렸다.

"탑으로 와봐요."

셰빅은 그 말밖에 하지 않았다.

아가트는 처음에는 멍한 상태로 그 뒤를 따라가다가 차츰 잠이 깨면서 무슨 일인지 이해하기 시작했다. 그들은 흐릿한 첫 새벽빛에 회색으로 물든 광장을 가로지르고, 연맹 탑으로 이어지는 나선 계단을 뛰어올라 도시를 내려다보았다. 육지 문이 열려 있었다.

가알이 안쪽에 모여 그 문으로 나가고 있었다. 해가 뜨기 전 어스름 속에서 제대로 알아보기는 힘들었다. 아가트와 함께 지켜보던 이들은 떠나는 가알이 1000에서 2000명 정도라고 헤아렸지만, 알 수 없는 일이었다. 성벽 아래 눈 위를 움직이는 얼룩으로밖에 보이지 않았으니. 놈들은 성문을 빠져나가 조금씩 무리를 지어 서더니 하나씩 성벽 아래로 사라졌다가 한참 떨어진 언덕 사면에 다시 나타났다. 길고 불규칙한 선을 이루어 남쪽으로 달려가고 있었다. 놈들은 완전히 멀어지기 전에 언덕의 기복과 어스름에 가려졌다. 하지만 아가트가 눈길을 떼기 전에 동녘이 밝아오며 차가운 햇살이 하늘을 반쯤 가로질렀다.

 아침 햇살을 받은 도시의 집들과 가파른 거리는 더할 나위 없이 평온했다.

 누군가가 바로 머리 위에서 종을 치기 시작했다. 탑 위에 올라가 있던 이들은 뗑그렁뗑그렁, 빠르고 쉼없이 부딪치는 청동음에 당황하여 귀에 손을 올린 채 아래로 뛰어 내려갔고, 반쯤 내려가다가 다른 사람들과 마주쳤다. 그들은 웃고 고함을 지르며 아가트를 쫓아와 붙잡으려 했지만 그는 시끄러운 환호의 종소리에 두들겨 맞으며 흔들리는 층계를 달려 내려가 연명 회당 안으로 들어갔다. 벽에서는 금빛 태양들이 헤엄을 치고 금빛 숫자판이 고향의 연도와 이곳의 햇수를 말해 주는 크고 북적이며 시끄러운 방에서 그는 외계인을, 이방인을, 그의 아내를 찾아 헤맸다. 그는 마침내 그녀를 찾아내어 손을 움켜쥐며 말했다.

 "놈들이 갔어, 놈들이 갔어요. 놈들이 갔다고······."

 그리고 그는 몸을 돌려 모두에게 젖 먹던 힘까지 짜내어 외쳤다.

 "놈들이 떠났어!"

 사람들은 모두 그에게 함성을 지르고 웃고 울며 서로에게 또 함성을 질렀다. 잠시 후 그는 롤레리에게 말했다.

 "같이 '바위'로 가요."

그는 환희에 차 들떠서 어쩔 줄 모르는 상태로 계속 움직이고 싶었다. 도시 안으로 달려 들어가 이 도시가 다시 그들의 것이 되었음을 확인하고 싶었다. 아직은 아무도 광장을 떠나지 않았고, 아가트는 서쪽 바리케이드를 넘으며 다트 총을 뽑아 들었다.
"어젯밤에 모험을 했어요."
롤레리는 그의 외투에 난 찢긴 자국을 보며 대꾸했다.
"알아요."
"놈을 죽였어요."
"눈구울을요?"
"그래요."
"혼자서요?"
"그랬죠. 우리 둘 다에게 다행히도."
곁에서 걸음을 재촉하는 그녀의 얼굴이 심각해지는 것을 본 그는 기쁨에 큰 소리로 웃어젖혔다.
그들은 밝은 하늘과 어둡고 거품 가득한 바다 사이로 얼음장 같은 바람을 가르며 달려 돌길로 나섰다.
물론 가알의 퇴각 소식은 벌써 종소리와 마음이야기를 통해 전해졌고, 아가트가 다리에 발을 딛기가 무섭게 '바위'의 도개교가 내려왔다. 남자와 여자와 졸린 눈으로 털가죽에 감싸여 있는 아이들이 달려 나와 그들을 맞이했고, 고함과 질문과 포옹이 쏟아졌다.
테바 여자들은 기뻐하기는커녕 근심스러운 얼굴로 랜딘 여자들 뒤에 머물러 있었다. 아가트는 롤레리가 머리는 산발을 하고 얼굴에 흙을 바른 젊은 여인에게 다가가는 것을 보았다. 테바 여자들은 대부분 머리를 짧게 잘랐고 흐트러진 데다 지저분한 모습이었다. '바위'에 머무른 몇

안 되는 힐프 남자들까지도 그랬다. 눈부신 승리의 아침을 더럽히는 이 오점에 기분이 약간 상한 아가트는 우막수만에게 이야기하여 부족민을 한데 모으도록 했다. 그들은 검은 요새의 가파른 벽 밑 도개교에 서 있었다. 힐프 남자와 여자들은 우막수만 주위에 모여들었고, 아가트는 모두가 들을 수 있게 목청을 돋웠다.

"테바 사람들은 랜딘 사람들과 함께 우리의 성벽을 지켰소. 원하는 대로 우리와 함께 머물든 떠나든 어느 쪽이나 환영이오. 우리 도시의 성문은 겨울 내내 당신들에게 열려 있을 거요. 나가는 것도 자유이지만, 들어오는 것도 자유요!"

우막수만은 금빛 머리를 숙이며 말했다.

"듣겠소."

"그런데 최고 연장자는, 월드는 어디 계시오? 하고 싶은 말이……"

그제야 아가트는 흙을 바른 얼굴과 흐트러진 머리를 새로운 눈으로 보았다. 그들은 죽은 이를 애도하고 있었다. 그 점을 이해하자 그는 죽은 이들을, 시체가 된 친구와 혈족들을 떠올렸다. 그리고 오만한 승리감은 썰물 빠지듯 사라졌다.

우막수만이 말했다.

"우리 혈족의 최고 연장자는 테바에서 죽은 자식들과 함께 바다 밑으로 들어갔소. 어제 떠나셨지. 종소리를 듣고 가알이 남쪽으로 향하는 것을 보았을 때 화장 준비를 하고 있었다는군."

"나도 지켜볼 수 있을지요."

아가트는 우막수만의 허락을 구하며 물었다. 우막수만은 망설였지만, 옆에 있던 노인이 단호하게 말했다.

"월드의 딸이 이 사람의 아내요. 그에게는 씨족의 권리가 있소."

그렇게 해서 그는 롤레리와 남아 있는 그녀의 동족 모두와 함께 '바위'의 바다 쪽 회랑 밖에 있는 높은 테라스로 나갔다. 장작더미 위에 죽음을 뜻하는 붉은색 옷에 싸인 노인의 몸이 뉘어 있었다. 세월에 깎여 볼품없어졌어도 여전히 강력했던 인물. 어린아이 하나가 불을 붙였고 불길은 이른 아침 해의 차가운 빛을 받으며 노랗고 붉게 공기를 흔들었다. 가파른 검은 벽 아래 바윗덩이에 부딪쳐 요란한 소리를 내며 썰물이 빠지고 있었다. 동쪽으로 아스카테바 영역의 구릉 지대 위, 서쪽으로 바다 위 하늘은 맑았지만 북쪽에는 푸르스름한 그림자가 덮였다. 겨울이었다.

5000번의 밤과 5000번의 낮, 그들의 남은 젊음은 물론이고 어쩌면 남은 생애 전부를 보내게 될 겨울.

북쪽 멀리 보이는 저 푸르스름한 어둠 앞에 승리 같은 것은 보이지 않았다. 이미 떠난 가알은 진정한 적이자 진정한 군주인 흰 폭설의 왕 앞에서 허둥지둥 도망치는 작은 해충들 같았다. 아가트는 롤레리와 함께 바다에 둘러싸인 높은 요새 안, 사그라지는 화장 불꽃 앞에 서 있었고 그 순간에는 노인의 죽음과 젊은이의 승리가 똑같은 것으로 여겨졌다. 비탄도 자부심도 하늘과 바다 사이에서 찬 바람을 맞아 흔들리며 불꽃처럼 밝고 짧게 타오르는 기쁨만큼 진실하지는 못했다. 이곳은 그의 요새였고, 그의 도시요, 그의 세계였다. 이들은 그의 동족이었다. 그는 이곳에서 더 이상 유배자가 아니었다.

그는 불길이 사그라져 잿더미로 변하자 롤레리에게 말했다.

"자, 집에 갑시다."

〈유배행성 · 끝〉

옮긴이 | 이수현

1977년 서울에서 태어나 소설가 겸 번역가로 활동 중이다. 『패러노말 마스터』로 제 4회 한국판타지문학상 우수상을 수상했다. 옮긴 책으로는 『빼앗긴 자들』, 『크립토노미콘』, 『멋진 징조들』, 『디스크월드』, 『마라코트 심해』, 『21세기 SF도서관』, 『브라운 신부의 스캔들』, 『무덤의 증언』 등이 있다.

환상문학전집 ● 6

유배 행성

1판 1쇄 펴냄 2005년 6월 27일
1판 3쇄 펴냄 2021년 11월 8일

지은이 | 어슐러 K. 르 귄
옮긴이 | 이수현
발행인 | 박근섭
편집인 | 김준혁
펴낸곳 | 황금가지

출판등록 | 2009. 10. 8 (제2009-000273호)
주소 | 135-887 서울 강남구 신사동 506 강남출판문화센터 5층
전화 | 영업부 515-2000 **편집부** 3446-8774 **팩시밀리** 515-2007
홈페이지 | www.goldenbough.co.kr

도서 파본 등의 이유로 반송이 필요할 경우에는 구매처에서 교환하시고
출판사 교환이 필요할 경우에는 아래 주소로 반송 사유를 적어 도서와 함께 보내주세요.
06027 서울 강남구 도산대로 1길 62 강남출판문화센터 6층 민음인 마케팅부

한국어판 © ㈜민음인, 2005. Printed in Seoul, Korea
ISBN 978-89-8273-902-6 04840
ISBN 978-89-8273-900-2 04840(세트)

㈜민음인은 민음사 출판 그룹의 자회사입니다.
황금가지는 ㈜민음인의 픽션 전문 출간 브랜드입니다.